十力
文化

十力
文化

我的保母日記

圖·文◎piggy

目次
CONTENTS

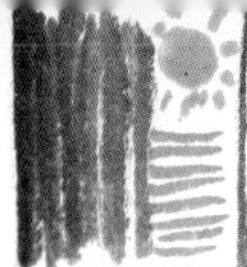

Ya. Ya
Taiwanese like discount!

窩・在・前・面

我的保母日記

並不是

我的職業是保母，

我只是喜歡用「保母」

來形容我

目前的生活狀態……

原本我和我先生——say都是廣告製造業的「勞工」，終日過著朝午晚九的不正常生活，隨著工作潮流的變化，兩人各自發展成SOHO族，他仍操廣告業，我則轉爲創作工作，剛開始還以爲這是一個超完美的計畫，一方面可以照顧家庭，另一方面還可以完成自己的理想，沒想到先後報到的兩個孩子完全「搗亂」了計畫，混亂的家庭生活再加上工作上的壓力，確實也讓我們不知所措了好一陣子……還好，孩子也漸漸長大了，再難適應的日子也慢慢步入了軌道。和孩子生活在一起，總有許多特別的心情，我們陪著他們長大，他們陪著我們成長，生活還是有許多狀況外的事情，我的保母生涯還在持續中……

我的保母日記

Today

人生的旅行

我也好喜歡旅行啊……在書店裡放眼望去就屬旅遊的書最多人青睞了，大家眼睛看著書，心早就飛到嚮往的異想世界了──美景、海灘、美術館、買東西，每一樣都是我喜歡的。眞羨慕能四處旅行的人，還有能以旅行爲主題的創作者，用文字或圖片代替了大家的眼睛，讓人也能感同身受地陷入電影中的場景、傳說中的美食、還有時尚的魅力，無一不讓我陶醉。闔上書打斷了自己的妄想，回到現實中吧！算一算離上次出國已經四年前囉，帶著女兒，一家三口（還沒生弟弟）到普吉島，五天的行程花費約台幣六萬元，是家裡三個月的房屋貸款開銷。清楚了吧，完全是在錢這回事，一旦有了家庭，所有的開銷就會從 single 、 double 、 triple……一直蔓延下去。蚵仔麵線一碗 30 元，四碗 120 元；精緻套餐每人 250 元，四人 1000 元；旅行團每人 24500 元，四人就直逼十萬元了，就是這樣的負擔，讓我們對有限的收入不得不謹愼些。

想起爸媽以前常恐嚇我的話：「少年那嘸賺，吃老你就知」，意思是年輕時不賺錢存錢，將來老了就知道苦囉！爲什說用「恐嚇」

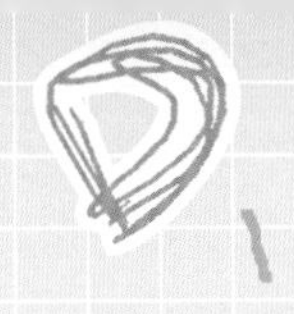

呢？因爲結婚前日子實在過得太如意了，薪水完全供自己花用，住家裡的任何開銷都是老爸負責，我當然知道衛生紙和牙膏要花錢買呀！可是打開家裡的櫃子總是有存貨，過年孝順父母的紅包也都原封退回來，每年至少一次的國外旅遊，陽明山、墾丁、南橫、花東……整年趕場似地走透透。唯一的代價是耳根很難清淨，爸媽對我這種行徑簡直是痛恨到不行，常常被罵得狗血淋頭，最常用的伎倆是描繪我的「未來」，說我將來肯定要過苦日子，老了絕對潦倒，沒地方住，沒有出息……滾著淚水，我當時眞的不瞭解爸媽想表達的意思，只覺得很委屈，我沒有抽菸吸毒賭博啊～我只是喜歡過這種「自己想過的生活」，可以自己賺錢買喜歡的東西和衣服。我也是大人了，想支配自己的一切。

直到有了自己的家庭後，慢慢浮現的才是爸媽的答案。想過著心裡面生活藍圖的日子，是得付出代價的。一個月的生活基本開支就占了部分的收入，其他的意外開銷也多得離譜，車子壞了、洗衣機故障、熱水瓶舊了……數不清要付的錢要繳的帳，加快腳步想辦法賺錢，卻好像比不上付錢的速度。終於知道爸媽是怕我花過頭玩上癮的症狀，會讓社會多一個破碎家庭吧。

「再難適應的日子也會漸漸地步入軌道……」這是保母日記的開場白，而我確實是在過這樣的生活，經營一個家庭果然是門功課，沒人教的來，靠的是自己。學習照顧先生和孩子，學習讓居家更舒服，學習規畫未來，學習煮更健康美味的菜色。當然最重要的是學習支配金錢，雖然知道存錢和省錢的道理，不過光是省是得不到掌聲的。撥點稿費給自己和孩子買件衣服，捨去巴里島的 spa 之旅，去買個大容量的老櫸木餐廚櫃，固定存入孩子的教育基金，喜歡的生活雜貨得實用才買，盡量自己花心思而不是去花錢。聽起來好像有點「搶救貧窮」的味道，但是，想過村上春樹般的生活要沒有孩子才行，想天天吃米其林餐廳得沒房貸才行，想一年四季都出遊得荷包滿滿才行。我的人生旅程帶我走到這階段，應該是一種步入內心的旅行，陪著家人生活和成長，我們走過一站又一站 ，就如同我們現在的心境一樣，也許下一站，我們都會興奮得大叫。

長大的季節

媽媽們最大的心願就是看著孩子健康快樂的長大……那「長大」這麼重要的事又是什麼時候發生的呢？女兒常問我這個問題，我說：「你乖乖把飯吃完就會長大」、「現在是成長時間快快睡就會長大」，像這種只有大人自己聽得懂的答案，在我小時候也是充滿疑惑，當然不能滿足現代的兒童思想，「我起床都沒看到自己長大ㄚ～那飯吃得很飽就是長大嗎？」假裝忙著家事，我沒有再回答女兒問題，因爲我知道再說下去肯定沒完沒了！其實眞的很難用另一種模式來形容長大這件事情，應該說大人和小孩對長大這事都有一種夢幻般的期待吧！

那到底是什麼時候長大的呢？我認眞的想應該是在夏天囉，在夏天出生的我天生就愛夏天，不知道我的直覺對不對？總是在初聞到夏天味道時，就早早迫不及待地穿上T恤，而那一刻就覺得自己是有些不同了，現在則是在孩子身上發現了這樣的驚喜：姊姊的裙子變短了，而弟弟的袖口塞不進去

了，不用再穿毛毛厚厚的衣服，露出的肩膀和膝蓋也變得更結實！心情因爲天氣好轉而晴朗了起來……當然，夏天還有許多讓人興奮的事，可以徜徉在溫暖的海水裡，有西瓜和綠豆湯，短褲配涼鞋，最重要的是孩子過敏的問題也舒緩許多，不常跟醫生報到，吃得多、睡得好自然就該長大了！

海水可以補充身体和心靈上的空虛！

有了這樣的邏輯，讓我對這「長大的季節」更有信心，心裡面早早盤算著如何安排和孩子們享受這樣的日子，是出幾天遠門呢？還是玩到連星星都回家了？總之，不論如何度過這每一天，只要看到睡得香甜的小臉，就相信那小小的身體和心靈正努力地在發展著吧～當自己是孩子時也和女兒一樣期待著長大，可以爲所欲爲，決定自己想要吃和不吃的東西。在天冷時穿單薄的裙子，晚上可以不睡覺。心裡面可完全不在意身高體重的問題，從來也沒想過，只不過是自己覺得好玩，季節卻給它如此大的期待。當媽的可是心機沉重ㄚ～想想躲

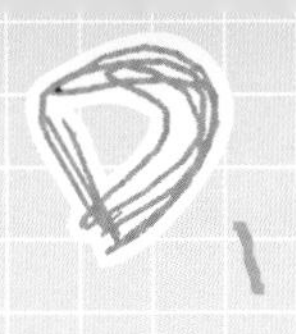

在被窩的冬天，爲了鼻子不舒服而徹夜難眠的孩子們失眠，忽冷忽熱令人難以招架的天氣，生病像噩夢一樣不斷地上演，說眞的，我也只能好好地寄望在這樣的季節輪替上！少了不愉快的天氣情緒，過起日子來也輕鬆了許多，日常生活的活動都能正常，保母的心情自然也輕鬆不少囉～

午後的一陣大雷雨喚來一陣陣蟬叫聲，爽朗的氣氛讓人忍不住地大叫～孩子們，準備好了嗎？長大的季節就來了！ YA ～

Today:

孩子的一大步

大概沒有人會眞正記得，自己成長的一切吧！所以說養育孩子的珍貴就是在此，在我們照顧他們的同時，才知道自己原來也曾如此純眞，如此的任性。在與孩子相處的過程中，才了解當了父母的爲難與辛苦。當然最重要的是，有了小孩我們才會變成眞正的大人，懂得寬容和體諒，放下與分享。

氣候反覆的忽冷忽熱，春天總是在抱怨中挨過，課本中出現春來了的訊息，姊姊興奮地讀著，雖然有著「考試不適症」的陰影，還好她一直是樂觀的學習著。毛毛蟲快變蝴蝶了嗎？左撇子的國字終於也寫得有模有樣，字認識越來越多，閱讀的速度加快了不少。還記得幾個月前拼注音的吃力情形，幾乎讓我以爲日子就要如此的悲慘下去。進步都是在無形中，我很高興她的進步也常常鼓勵她，姊姊終於露出自信的笑容了。

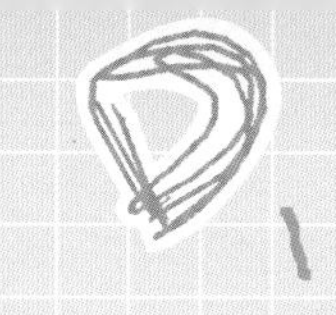

「你好～」「媽咪我說了！」今天弟弟跟我說他跟別人說了「你好」，對活潑的小朋友這可能是一件很容易的事，但對天性害羞的弟弟眞的很難。除此之外，脾氣又拗又難溝通的他，幾乎完全無法接受家人以外的互動，永遠都躲在我的後面，更別說是和別人打招呼。大人們總是會說這樣不禮貌，人家不喜歡你等等，但是弟弟需要的是時間，他花了很多的學習才有勇氣。這天在愉快的情緒下，他終於脫口而出，原來是如此簡單的事～露出靦腆的微笑看著我，一個抱抱的鼓勵，我眞高興弟弟終於做到了。

我們的一小步是孩子的一大步。看過一篇文章寫著，小學教育是全面式的進化，孩子在平衡類別中學習，不懂的事自然就會漸漸的貫通了。常常我也會因爲他們的不懂感到不耐煩，「那麼簡單」是我最直接的反應，卻忘記自己曾經也是需要這樣的學習過程。凡事都要耐心和平靜，陪著孩子跨出每一步，而這才是我們大人眞正的一大步。

Today：

針眼家族

看到女兒眼睛上長了一個小紅點，隨著秋意，我知道「目針」又要來了，眞是煩惱啊～長針眼還眞是我的噩夢啊！從小到大不知道長過多少次了，想到不但要忍受眼疾的痛苦還會成爲同學們取笑的對象，心情眞是惡劣ㄚ。

也不知道是什麼原因，我眞的很會長針眼，尤其是小學時期，常常沒事就紅了眼睛，過兩天就包著紗布眼罩到學校了。什麼「獨眼朱」、「偷看人家小便」、「看到男生小鳥」，五花八門的取笑字眼隨之而來，其實被取笑就算了，小孩都愛笑別人嘛～難過的是長針眼其實很痛很不舒服。針眼是有分大小來著，小的三五天可痊癒，怕就是那種大的，運氣不好的話，還得拖個一兩個禮拜才會消腫（而且不會完全好），然後這段期間就得頂著腫眼過著苦不堪言的日子……眞的很痛，剛才提過了，眨眼就會痛，人類平均一天要眨12000次呀，低頭也會痛，脹痛的眼睛實在是禁不起洗臉、拉拉鍊、寫功課這些日常瑣事，然後最煩的

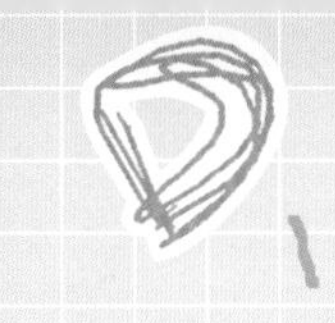

就是不斷有人問你眼睛怎麼了？聽到答案馬上倒退三公尺，遮著臉說：「不要看我，被看到會傳染呦～」

那時候大人們認為長針眼是不需要看醫生的，通常都是等膿脹飽了，擠出來就沒事了。我呢？卻是好了又長，長了再長……長的機率實在太高了，還讓我錯失了一次運動會的表演機會。在排練的當時，無情的教練老師看到站在第一排的我，當場就把我換下來了，因此，我還傷心了好久……尤其在運動會當天我的眼睛已經好了，卻要和幾個運動神經欠佳的同學看顧全班的東西，使我幼小的心靈深深的受到打擊。成績一向不是很理想的我，最愛唱歌跳舞這類容易表現的活動，而長針眼卻讓我失去機會，失去朋友，失去快樂……然後針眼並沒有放過我，繼續讓我難過……

有一天正要往音樂教室的路上，我依然是頂著腫脹的雙眼。「小朱朱，你又長針眼呦？」是小琪，以前同班過感情很好，我喪著臉對她點點頭，她接著馬上說，前一陣子她也長了針眼，她媽媽帶她去眼科開刀，有一點點痛，不過隔天就好了，而且不會再長喔。我一聽根

本無心上後面的幾節課，只想回家叫媽媽快帶我去那神奇的眼科。剛開始媽媽還不太願意，覺得「開刀」和「同學講的」聽起來極不可靠，後來我一直苦苦哀求，才派爸爸帶我去。醫生說會有一點痛，要忍耐一下，我大概是忍受太多煎熬了，微微的刺痛卻讓我有一種重生的感覺，而這個小手術眞的讓我二十年來沒再長過針眼。

生了弟弟的某一天，我忽然又覺得眼睛有點脹痛，果然是又來了，時機一成熟，我很果斷地請醫生幫我剷除掉，時代果然不一樣，小手術還是要照步來，穿上手術衣原本輕鬆的心情也變緊張起來了。我告訴自己不會痛，小學那時也沒哭ㄚ～可是當醫生在我的眼皮打下麻醉針時，我居然忍不住地大叫，接下來我懷疑麻醉針根本還沒發揮，醫生就拿著尖銳的工具在眼瞼內上下挑動著，這可是關不起來的畫面，簡直快崩潰了，我冒著冷

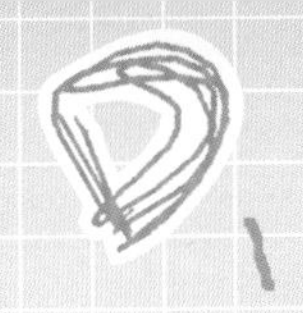

汗顫抖的對醫生說：「好痛好痛耶！」「快好了，忍耐一下，你的膿眞的太多了。」護士接著說：「對～我也沒看過這麼大的針眼呦！」

我眞的很小心注意衛生也避免傳染，可是兩個小孩似乎也有愛長針眼的毛病，讓我忍不住擔心起來，難道眞的逃不過針眼的宿命嗎？

Today：

戀童癖

自從有了拍照功能的手機後，我發現周遭朋友的「症頭」眞的越來越嚴重了……什麼症頭呢？在有了孩子之後，忽然瘋狂地成了拍照愛好者，當然對象一定是自己的寶貝，然後從大頭貼開始，很難不去注意到在很多私人的用品上都有貼，手機上是一定有的，然後馬克杯、皮夾、計算機啦……最後連送上主管的 File 夾也不放過。

其實愛自己的孩子當然是件很正常的事，不過這些大人已經從拍照愛好者漸漸成癮了，原本只是拍照紀念好玩，可是到後來就變得有點無法滿足了。除了攝影技巧外，隨之加強周邊器材，專業級的配備，家裡的電腦頻頻升級，各類數位影像產品都先以 12 次分期，到手先拍了再說，一切都是爲了「成長只有一次」。

「好東西是一定要跟人家分享的啦！」這些精心的作品，會不定期地自動送上門來，不僅加了護貝，還有簽名蓋手指印喔！光碟片啦、照片傳輸啦……想辦法都要讓你多看一眼，不過最積極的是 e-mail 給你一個專屬

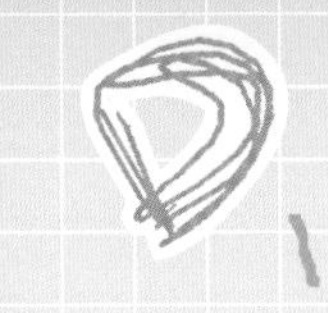

的相片網址，然後你一登入 MSN 就問：「看到我家寶貝照片沒？」「很可愛吧？」嘻嘻！我覺得孩子當然可愛，不過眞正可愛的其實是這些父母啊……對自己孩子表露出無疑的眞愛，孩子舉手投足的一切，已經迷戀到無法自拔，用影像記錄努力的留下瞬間，這大概啊～就是我們這一代父母對子女的一種情感交流，那當然是無價的投資，看在這片眞誠上，說什麼也得支持地聊上幾句，當了爸媽的會很自然地說些孩子經，爲難的是未婚及還沒有孩子的，總是不知所措該說些什麼～

女兒的跳舞班有堂分享課，要請爸媽來看，還要帶相機喔～她興高采烈地交代我準備。課程當天在老師的口令下，孩子們都努力地表現著，頓時我看到這些專注的家長們，幾乎都是隨著節奏按下快門，閃光燈此起彼落地亮了又亮，其中還夾著雙槍手，不但一手按快門，一手還操作著 DV ，看得我目瞪口呆，還被女兒抗議：「媽咪～你都在看別人，不拍我！」而高高舉起的相機更是一台比一台厲害，絕對都是專業等級，隔壁媽媽還

說：「我先生說不要買太便宜的，不然會拍不漂亮不夠專業！咦～你先生不是做廣告的嗎？你們拍照一定很專業囉？」「沒有啦～都差不多啦～」看著她手上的高檔機型，我居然流了一身汗，擔心她會不會哪天，眞的找我較量起來。

愛戀孩子多少都有些不同調，不過天下父母心嘛～只要是不傷害的行爲都是愛的表現。婆婆也是標準的「戀童」一族，她最好玩的是愛看小孩睡覺，而且常常看得出神，她說看孩子香甜熟睡是她一生解憂解勞的良藥。好友愛聞小孩腳丫，只要看到小孩露出小腳，她一定捧著細細品聞一番。而我其實是聲音擁護者，我很愛孩子純眞的童音，手機鈴聲別出心裁的是女兒的歌聲，每次在大庭廣眾下總是吸引不少目光，癖好的嚴重指數是除了孩子的聲音外，其他的一律是「聽而不見」，哈哈哈！

不過啊～感動歸感動，還是有些令人傻眼的事喔！記得我以前有位同事她實在太熱情了，逢人就會拿自己

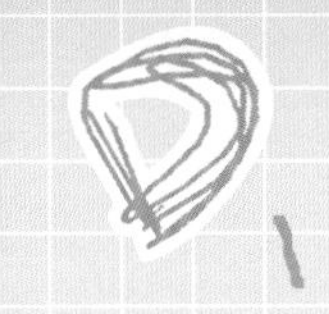

兒子的照片給人家看（強迫看），通常大家都會給面子說「好可愛」、「像某某」之類的客套話，可也有不領情的人當場就說：「我和你家小孩又不熟，看什看！」也有好友的老公疑是荒廢了工作，整天吵著要買電腦配備加東加西的，成天什麼都不做，只對孩子的一顰一笑有反應。誇張的是我還收到過影音 CD 專輯喔，發片模式不輸唱片公司。最讓我哭笑不得的是朋友大費心思替女兒在網站上做的貼圖日記，圖文並茂的好用心經營。一天，我們在 MSN 聊上，她問我在忙些什麼？我回答正在寫《保母日記》，沒想到她居然用不可思議的口氣說：「你可眞閒耶！還有時間搞這個。」同樣是爲孩子留下珍貴的紀錄，但也還是有不同調的想法。

marry：你在忙什麼？

piggy：在寫保母日記。

marry：天啊～你怎麼有這麼多閒功夫

piggy：那你勒？

marry：我在替我女兒做日記貼圖喔～有空來看。

piggy：到底是誰比較閒……

媽媽進門時

雖然自己出門是一件輕鬆的事
但其實回到家，就肯定有無奈
等著我……

咦?
好熱
熱
高領衫
也不看看天氣!
他們自己穿的丫!
哈啾
冷
冷
哈啾!
找不到衣服啊
感冒怎辦

MY God
哈
忘了!
餓
餓

End.

Today：

保母的低潮

以前上班的時候最愛抱怨了，不論是公司的福利、環境、薪水，甚至連老闆的長相都一直是火線話題，成天和同事們講的都是這些有的沒有的事，眞正做事的時間也老覺得有怨氣，付出太多不受重視啦、改來改去沒原則啦……好像每天都在有些不滿的心情下度過，現在回想起來，是幼稚了些，不過卻也是難得的幸福光陰ㄚ……

有了自己的孩子後，我才覺悟原來能任性的「權利」已經被剝奪了。三餐是一定要打理的，睡覺也被固定的模式控制著，不餓不吃擔心孩子營養，不累不睡擔心孩子體力，所有的事情都是以孩子爲主的情況去設想。其實我討厭餵飯，也不喜歡工作一直被打斷，但這些都是爲人父母要承擔的壓力，卻不能像以前一樣對工作上的不滿有所發洩，面對孩子是藏不住情緒起伏的，但卻不能躲避他，不能請病假或事假，生理期也不能裝可憐，連我最愛的法寶——不幹了——也完完全全用不上了！

上幼稚園的姊姊是長大了，學到的東西很多，帶回家的有些卻是不受歡迎

的，傳染病和很多反抗的情緒，她要看更多的卡通，要一直吃餅乾，無厘頭的頂嘴……這些和已經會搶她東西的弟弟有沒有關係呢？我開始覺得孩子們的問題似乎有點不同了，隨著他們成長，擔心的事情也換了不同的角度，心煩的程度足以比我在上班期間想不出「創意」還要嚴重！

躺在床上，心情的憂鬱還未平息，看著上床前被處罰的孩子，熟睡的臉龐還掛著淚，媽呀～我真不想再當媽了……我覺得很累很累，不想在半夜被哭聲吵醒，不想讓孩子說討厭我，不想再管東管西，不想擦地板，不想做一切的一切了～

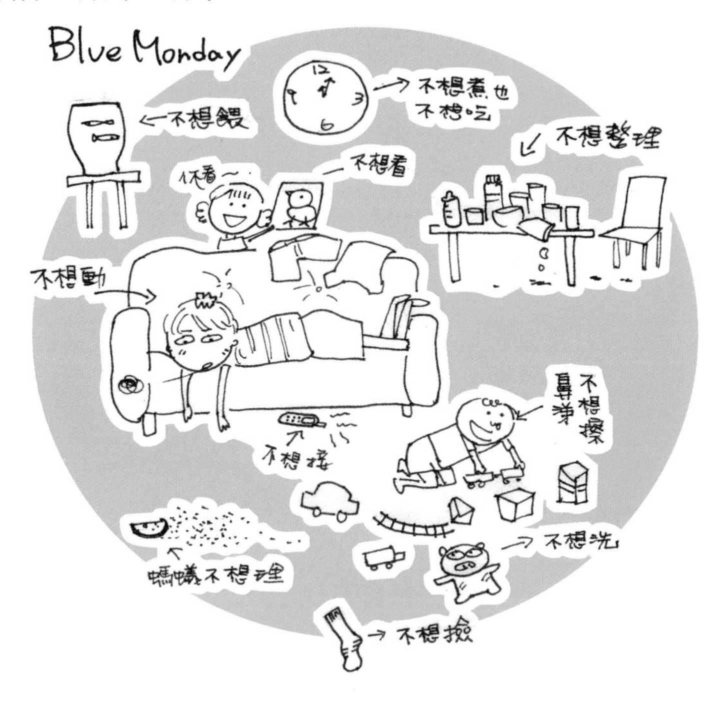

應該是生理影響心理吧！會不會是感冒發燒影響身體？我的更年期提早來了嗎？工作遇到瓶頸時，解決的方法很多，瀟灑的去瞎拚，找朋友抱怨痛罵老闆一番，放個心情不好的長假，都不會覺得自己太過分；而現在，連發個脾氣都要自我檢討個半天，情緒則像病毒一樣，要統統「隔離」起來，腦子裡只接受耐心程式不斷地測試……低潮來得又快又久，在凡事都提不起勁的日子，我想起一位朋友，她白天要上班晚上要帶孩子，辛苦是一定的，但她說，雖然很累但出了門，關起孩子的哭聲，我至少還有時間做自己！「做自己」那可是我的奢望啊～

後陽台的心情

「家裡的後陽台，代表著家中女主人的心情與身體狀況……」電視上命理老師正說著居家風水的問題，不管是對命理這種事相不相信的人，聽到這一番話應該都會忍不住到自家的後陽台去看一看，果然沒錯，晾著滿天的衣服、鋃頭鉗子工具到處是、孩子的腳踏車推車、洗衣烘衣機、還有星期三沒收走的垃圾……。這就是了，難怪我老是腰痠背痛，情緒不穩定常罵小孩，ㄛ～連生理期也累的下不了床。望著後陽台，我開始給自己診斷起來了！然後覺得這一切的一切可都是「後陽台」惹的禍啊～

想著後陽台的事，心情不禁低落了起來，一天到晚忙進忙出的，要照顧嗷嗷待哺的小弟弟，輔導學齡中的姊姊， Say 的特派助理，兼跑銀行郵局的小妹……。總之，雜七雜八的事都是我這女主人的事，累是不在話

下，責任更是重大。所以說「女主人的身心健康」是何等的重要，可是卻是由命理老師來提醒大家！

這時候……還搞不清楚～我開始碎碎唸似地說出了我的「觀點」──希望受到尊重和重視。聽我霹啪的說了一堆，「好吧～那我去整理一下好了。」say 聽了我的困擾便主動到陽台去清理了，「你看堆了這麼多東西……」我還在抱怨中，他卻很快清理出還算整齊的空間，一邊收拾一邊說：「我們陽台眞好用，差不多一坪的空間，還可以有這麼多功能耶！不但是小型的木工室、小型洗衣房、小型停車場、小型物流，眞是發揮到極限啦～」

「發揮到極限」……望著還在清理的他，我想想覺得自己還眞是這個家庭的後陽台，我也是盡力在發揮自己的極限，來做一個媽媽、妻子、工作夥伴的多功能角色，操煩的事放在心上就像後陽台的那些雜物，用不到卻也捨不下；眼不見爲淨的，放在陽台沒有自己的位置，更像極了我，過著忙碌的一天又一天……難怪人家

說風水其實也是一種科學理論，後陽台的生態更是代表我的近況，繁忙的那些時間總是亂得不成樣，當有空檔時也就會整理乾淨了！

看著清爽的後陽台，我眞的感覺好多了，想想自己也夠可笑，把自己的情緒發洩在毫不相干的後陽台上，還要遷怒於他人，原因還是命理節目聽來的，而「他人」say 正努力地在整理有關小型木工室的雜物，他大概還不知道女主人的心情已經有 180 度的轉變了。

週末從外面遊玩回來，帶回家的東西通常比出發時多很多，有當地無農藥的蔬果山產，有女兒吵著要買的玩具，我和 say 看上或許拍片用得上的古早味玩意，爲了想清出一片淨土坐下來休息，所有帶回家的東西，在未歸位前一律還是往後陽台放。「還好有這後陽台，可以暫時放放東西，讓我們喘口氣，很多房子根本沒有後陽台耶～」say 欣慰地望著我說著。「說的也是～進可攻退可守，耐操又好用。」我送給自己和家裡的後陽台這句話。

Today：

我愛歐巴桑

塗上專櫃小姐介紹當季最新顏色的口紅時，我發現我再也不「當季」了，口紅的顏色和我顯得格格不入。生孩子前我還立志「決不當黃臉婆」，可是如今只要有人對我說，看起來不像兩個孩子的媽，我就會整天笑呵呵！報紙上有一份測試 LKK 的問答題目，十題有九題我不知道。性向測驗也說當你能完全不在意別人的眼光時，那就是信心滿滿的標準的歐巴桑了。誰沒年輕過，眞是個奇怪的答案，不過說實話，很多以前很在意的事，我現在卻眞的不在意了……

好吧～歐巴桑就歐巴桑吧！面對好友的先生直呼「piggy 歐巴桑」時，一度還難以適應的沮喪，不過對自己一向有主張的我，還是會認眞的把歐巴桑應有的規格和本事，做爲我人生該學習的方向。怎麼說呢？裝可愛我當然會，可是當起歐巴桑這角色好像更讓我得心應手～

仗著帶孩子就把疏於打扮的責任推卸，天底下母愛最偉大，看著我整天忙著照顧孩子，相信大家也都不忍心多說什麼吧？其實我原本就喜歡休閒自然的風格，不必在意身材

的穿著，真是一件幸福的事喔～至少還能多吃幾口喜歡的冰淇淋和炸豬排。郵局的那個小姐，真的受不了她，一直和隔壁的人聊天，動作又好慢，記得以前都是被兇的我，忍不住說了：「小姐別聊天了，排隊排很長耶～」她居然不敢正眼看我，呵呵～正義出現了吧。搭上惡公車是常有的事，也眼睜睜地看過被司機惡整的可憐老人家，現在我可不同了，老弱婦孺一概是我管轄範圍，「停車～有人要下車！」拉足嗓子在公車內大喊，我再也不會羞紅臉怕人家盯著我看囉。在路上我也常替手足無措的媽媽，拉一把娃娃車或開個門，社會需要幫助的人很多，能夠主動的卻是不多，「just do it」這也就是歐巴桑的真本色！

當然要當上歐巴桑，還有幾件不能免俗的特質。雖然不愛人擠人，多少也要有幾樁有持家本色的代表作，例如，好用的衛生棉庫存到更年期，打開櫃子有放到擠爆的衛生紙、特價的牙膏、整打的毛巾、備份消耗量大的DoubleA、Sogo百貨贈品，這些都是基本功課喔。進階的是，打斷霸占著櫃台小姐不放的囉嗦先生，「我要三杯冰latte。一杯冰少、一杯不加糖、一杯正常，不需要袋子和統編」，抱著孩子，我還能完成任務。美食街也難不倒我，找到座位先讓姊姊坐下，結完帳再抱弟弟過去，等著食物也能用眼睛和嘴巴關照幾公尺外的孩子。這些都是以前「做小姐」時不敢也不想去做的事，現在多了當媽媽的角色，自然對生活上和環境裡，有更多的體認，省錢省時那些事，在年少時往往執行不了，現在對殺價比價都很有心得了，這其中還包括不公平及欺騙等伸張正義之事，垃圾沒分類也不行，對環境要有正面的支持。面對自己的改變我有些得意，覺得自己可以做到更多，看來社會上有歐巴桑還眞的是貢獻不小喔。

要接受自己是歐巴桑的確需要些時間，頑強抵抗也沒啥用，外表已經大大不如從前而心態卻還沒跟上，與其這樣的煎熬，還不如放開心胸把自己放在正確的位置上，卸下矜持的枷鎖，至少日子過得好自在ㄚ～

一發不可收拾

已經連續工作數十小時，家裡面一片混亂：餐桌上滿是吃剩的便當盒、飲料、甜甜圈、咖啡杯，沙發上有孩子脫下來的襪子和餅乾屑，廚房的洗碗槽堆了一堆待洗的杯杯盤盤，脫下待洗的衣服都快「有味啊ㄋㄟ」。滿屋的亂況眞的是有夠厲害，可說是亂到不可收拾的局面。當了這麼多年的家庭主婦，我還眞不敢相信自己怎會「懶卵」到這程度，難到說人到中年也會有轉性的危機，是荷爾蒙還是內分泌？

我一直都是衛生股長，從小就是最愛乾淨的了，書包永遠整整齊齊，只要是我的東西不僅內外保持得完整如新，小至手帕大到棉被，在懂事以來都是服服貼貼的歸位。結婚後還是保持這樣的習慣，廚房是摸不到油膩的，地板也都擦得光亮，衣服、鞋子、皮包都細心保存著。

當然，改變一定是事出有因，從女兒出生後我就發現自己眞的是力不從心，新手媽媽的育兒狀況已經搞得有點招架不住了，體力才是眞正的大考驗，多一口人，家事的量可是增加不少呀。小孩的衣服要另外洗，食物要另外煮，用品要消毒……看似簡單的工作卻讓我體力不支而憂鬱了起來。

生了弟弟的做月子期間，我仍忙忙碌碌地做我的衛

生績效檢查，麻煩婆婆、老公的事已經很多，三不五時還要親自下手一番，家裡一位長輩看到我的「勞碌」，忍不住告誡我一番：「當媽媽照顧家庭可是一輩子的事，不要太過勞累把身體心情都搞壞了，凡事差不多就可以了。」可是家事也可以差不多嗎？把水平訂在高標準的我根本就不以爲意，照樣洗刷家裡的各個角落，剛學會在地上爬的弟弟，可是享受著一天擦七遍的光鮮地板。漸漸地，我發現身體開始出現了變化，手肘因爲過度施力已經出現傷害，腰痛一直沒復原，似乎又更吃緊，全身筋骨常疲勞到不堪一擊，爬上床時又想到泡在水裡的鍋子還沒刷，就這樣整天淹沒在無止盡的家事

裡，偶爾還會加入忙碌的工作，要有個好心情真是難上加難。

一天我又疲勞的癱坐在沙發上休息，閉上眼我想到那位長輩說的話，心想，看清問題應該才是解決問題的方法吧。檢視著自己一天的時間規劃，發現我一直在零零碎碎的做著家事，做越多發現越是做不完，「整潔的環境不是一天造成的。」電視裡的家事達人說得好認真，我終究還是忍不住東擦西抹的！可是不改變不行，想要更多工作的時間，想要多跟孩子說話一定要改變。強迫開始學著集中時間去做家事，差別在只要是不過分的應該都可以緩一緩。

漸漸地，地板從一天擦好幾次到好幾天才掃一下，廚房也是不長蟑螂螞蟻即可，認清一直洗被單是治療不了女兒的過敏，玩具是永遠收不完的，爆滿的書櫃找一天再來好好清理，不知不覺，時間真的就這樣多了起來，工作終於可以更專心，孩子也不會一點髒亂就搞得緊張兮兮，大家都說我終於想通了。

洗碗筷、晾衣服成了新的創作思考空間，同樣的忙一整天卻大大地扭轉我的情緒，而潛能被開發的我還真是進步神速啊，現在已經了不起到慢條斯理的捏著早變色的窗簾說挑個好日子再洗，餐桌只要留 1/4 淨土就可開飯，滿地的玩具堆到一角就算及格，喔～內褲沒得穿， sorry ，反面要不要考慮？……就這樣，我的行為已經到一發不可收拾的地步，我把「差不多」發揮到淋漓盡致，沒啥看不順眼的，「有空」就會去整理了。看到我的改變， say 是一則喜一則憂，喜的是我能放下，找到一個平衡的自我空間，憂的是我的體重、穿著、外型該不會也跟著腳步漸漸地也一發不可收拾吧？

在我眼中的你

好難得終於找到同學們，開了一個世紀的同學會。好久不見了，看到大家眞的好開心。見了面彼此都有說不完的話想聊，減肥、美食、玩樂、星座，從身材的變化到如何生機養生都聊得滾滾燙燙的。不過當有人開始說起先生和孩子的時候，那股熱氣就像原子彈爆發般，一發不可收拾。人的相處眞是如此親近又遙遠，孩子和先生已經都是我們這群同學的「附加價值」，難得的聚會也因爲多了這些影子讓大家似乎多了一抹煩心。結婚多年了，照顧孩子和先生都是義務的事，但相處起來帶著壓力和情緒，不免也覺得生活上似乎有點小缺憾，大家抱怨起來像小水花般的一一濺起，一波未平一波又起……

先生甲是個慢郎中，凡事都表現一副無關緊要的態度，對孩子的出生幾乎沒有參與，平時下了班回來，也

只是逗逗小孩笑兩聲，不管是洗澡餵飯都是以不熟或很累來搪塞，小孩哭鬧就關起房門來，半夜更別說起床餵奶蓋被了。先生乙自我為中心的觀念重，全家都要配合他的想法，脾氣暴躁不說，對一般人的經驗他都嫌惡不當一回事，往往一點小事都得溝通半天。先生丙是個標準的工作狂，對金錢的標準根本不是正常值，小孩老婆想買東西，他再三強調不是他出不起這錢，是東西沒那價值。小孩 a 對吃飯很不合作；小孩 b 老喜歡和媽媽作對，小孩 c 整天黏人過度害羞；小孩 d 愛吃糖滿口蛀牙；小孩 e 看電視看到兩眼發直……聊得牙癢癢，大夥幾乎把自己的先生孩子全攤出來檢討，中間當然也夾雜著無耐的情緒，是婚姻便是如此還是人生總是不完美，聊著聊著都是以嘆口氣來了結，唉～

還好同學中有人較為敏感，說了幾句話帶領大家抽離煩憂。她說：「人在一起總是比較容易看到對方的缺點吧！」想一想還眞是沒錯，先生和孩子在我們的世界

裡，因為天天近距離相處，不知不覺中就覺得身邊人的缺點好像更多於優點，隨著每天的瑣事攪和，讓人很難肯定對方的好處，當媽媽的我們也常有些情緒上的問題，對家人的態度也是越來越挑剔。其實大家的先生也沒那麼糟，把自己的標準放下來檢視也覺得漏洞百出。自己都會懶得整理家務，也沒啥好要求家人務必整潔。馬桶蓋從不掀起來，為什麼要求別人記得放下來。其實是沒有想法的花費，也不必怪老公縮緊荷包。不想花時間陪小孩，就不必罵他整天看電視。這中間還包括一些先天的問題和性格特質，如果永遠不滿意那日子眞的是很難過，客觀點說，應該要試著從別的角度來看待家人吧。

說到這不免提到我媽媽，年紀越大對家人越是挑剔，也許是生活重心的空虛，她對所有的人、事、物都感到不滿，很多小事都會惹得她胡亂罵人，更別說她對兒女的些許寬容，不忍看到她老是愁眉不展，我也曾試

探性誘導她說出心裡的話。只見她輕描淡寫地說出一些人生抱怨，對任何人都莫名的看不順眼，甚至覺得對不起她。在別人的眼中，媽媽過的是很愜意的日子，不論是金錢和家人都沒讓她操心，年老來雖有些病痛但不致威脅到行動及作息。不過我們都不是她，不知道在她眼中的家人到底是怎麼回事？

要和先生孩子度過這人生，老話一句，也是要體諒和付出，要能互相容忍體貼才能達到日常生活的平衡。是家人就要了解彼此，孩子還小在言語上還不懂得道理，不過我這媽媽卻很愛表達，不管他們到底懂不懂。也老愛給 say 留言放話，不論是在我眼中的他們，或是在他們眼中的我，希望都是那樣的簡單好相處。話說回來，好不容易有同學們聽一聽彼此的抱怨，那可是千萬別放過，倒一倒垃圾眞是一種不錯的減壓方式，畢竟～哈哈哈～女人嘛！

生產回憶錄之一

這一陣子眞的好多喔～同學的妹妹、朋友、工作夥件都紛紛傳出喜訊，連新聞也都報了很多名人都有了，好像傳說中孩子都是搭著一批一批的船來的，熱熱鬧鬧地讓我也想起，幾年前的生產經歷……

眞的很奇怪，只要身邊一聽說有人懷孕，就會忽然流行起來似的，這裡八週了，那裡要做羊膜穿刺，有人已經待產階段了……當年我和 say 也搭著流行熱潮，順利地懷了女兒，興奮的心情當然難以言喻，不過總是缺乏經驗，夫妻倆居然還搞不清楚地搬家、裝潢房子，看在婆婆眼裡簡直是「嚇死她了」，還好懷孕的過程都平安順利，隨著肚皮漸漸壯大，身體也開始負荷不了了，腫得像大象的腿讓我在待產階段只能時速 10 公尺，也就是從沙發走到廁所都很吃力，而且整天喘吁吁的眞的很難受……

預產期一天又過了一天，主治醫生看到我還說：「你還來產檢喔～肚子還沒痛喔。」每天都籠罩在隨時會肚子痛的預警下，實在很難安心入眠，終於在連續的

聖誕節和元旦假期後，整整拖延了10天的那晚，肚子開始痛了起來。慌慌張張地打包好行李，就到醫院了，雖然說那時已經痛到不行，但還是被狠心的護士退回——「初產婦……回家痛好了，在這也是痛。」倆人得到這無情的答案，居然就乖乖折返，可是一回到家裡癱在沙發後，我完全後悔了，因爲疼痛明顯加劇，而且沒有停……沒有停？沒有停？我的陣痛呢？媽媽教室教的拉梅茲，書上說的呼吸法，婆婆教的補氣湯都在陣痛間的空檔要做的，可是我的疼痛沒有停過，一直痛一直加劇，疼痛一直處於上坡狀態……。眼睛瞄了時鐘，已經痛超過四小時囉。我們再度回到醫院，但我已經痛到無法站起來、走動甚至呼吸，離急診室只有五步路但我一步也跨不出去，最後幾乎是say用拖的把我拖到護士面前。（後來才知道可以用急診室門口的輪椅，眞是的！）

後來當然是沒有尊顏的內容，從被不明人士脫下內褲後，就是任人擺佈了。不斷有人來翻動那生小孩的出口，「快了喔～三指了。」「準備囉～快生囉。」在這期間say還因

爲提款機不能吐錢，跑來問我怎麼辦？痛到完全不行的我，嘴裡居然還能吐出「刷卡」兩個字，當時我一心想昏迷，想忘記生孩子的疼痛，想一了百了……可是沒有，意識完全清楚才是最痛苦的，最愛哭的我卻是流不出一滴淚水，任何我想解脫疼痛的煎熬我都想試，但其實沒有用，肚子還是痛……

也不知過了多久，很兇的住院醫生（女的特兇），告訴我說主治大夫來了，我張開緊閉的雙眼，看到我的主治醫生從門口進來，朦朧中我怎麼覺得他帶著白色光環，靠近我時還緊握我的雙手，輕聲跟我說「加油」，隱約中聞到他身上黑人牙膏的味道，然後持續約八小時的疼痛忽然停下來了。醫生正在觀察我的收縮情況，卻茫然的問護士「怎麼停下來？」當然那只有短暫的20秒。

帶上呼吸器，我和say牽手bye-bye，然後被推進產房，當時心情莫名的無助孤力，其實我知道孩子快出生了，我們是有伴的，但當時只有我和一堆不熟的醫護人員奮戰……。「要用力了喔～1、2、3用力～再一次」，照著醫生的指令，我咬緊牙根跟著出力。這時還有一件令人錯愕的事發生，原來我的胎位算是處於高位，很兇的女住院醫師在無預警的情況下，用盡全身力量往我肚子狂壓（我看到她咬牙根），我對她突如其來的暴力行爲正氣憤時，瞬間就聽到了嬰兒的哭聲，我再也忍不住情緒哭了出來，含淚看著臍帶還未剪去的女兒

趴在我身上，眞的，好可愛喔！（這時醫護人員開始閒聊天了）

因爲局部痲醉及疼痛過度的關係，其實在生女兒的最後階段，我幾乎沒有「生出來」的感覺，只是一直覺得痛，最後是護士扶我抬起頭來，才看到被醫生抱著的她，那種感覺有點像是小孩是從抽屜拿出來的，而不是從生孩子的地方出來……哈哈！哈！

女人說到生孩子還眞是停不下來，和男人講當兵的事一樣。不過這總是難忘的人生經歷，看到路上大腹便便的準媽咪，我都會回想起這些點點滴滴，看著孩子漸漸長大，回想到那疼痛的感覺，還是會讓我冷顫幾下，那在兩年前出生的弟弟的生產過程如何呢？下回再聊囉～

生產回憶錄之二

還好～個性不一樣的孩子連出生的狀況也全然不同。生弟弟果然就眞的差很多了，出生的前一個月，就不斷地有大大小小的假性陣痛，有時痛一痛就睡著了，這其間還跑了醫院幾趟，不過總是雷聲大雨點小的收場。反正也沒有痛下去就是沒事，醫生是這麼說的。

一直到他出生那天，起床後正走到陽台準備洗衣時，突然有一股止不住的水流出來，想必那就是傳說中的「破水」了，我和 say 就很從容地到醫院，肚子一點都不痛的我還要求吃東西，想到生女兒的奮戰八小時，我擔心的是「沒體力」這件事。但護士要我別吃，「你開三指了，吃會吐喔！」開三指了嗎？我摸著肚子想怎麼都不痛，哼～以爲我沒生過小孩呀？心想恐怕是遇到兩光的代理醫生了吧？（主治醫生度假去囉～）沒有多久，肚子有點動靜了，收縮的程度我用呼吸法就輕鬆度過了，在一旁的 say 說看到監測器上的幅度很大，卻還看到我和護士在聊天。接下來幾次較爲劇烈的疼痛後，就在醫生進來產房

約20分鐘後順利接生。快速得令人不敢相信，是新設備的產房？有先生陪產？還是算有經驗了？我也不知道為啥差這麼多，只能想會不會是弟弟提早「能量釋放」，沒事痛兩下，免得一次痛到底～

這次我可沒流淚喔～雖然很快的生下弟弟，但是「不要生啦～」還是在最後關頭喊了好幾次。還記得生女兒沒感覺的最後一刻？生弟弟因為體力好、意識清醒，所以這次是明顯感受到孩子生出來的感覺。那絕對是一種超極度擠壓的痛，孩子卡在產道那個地方好一會，這時候的疼痛一定是最劇烈的，但還是要配合醫生的指令使力，那其實是很不容易做到的。還好時間拖得不長，痛苦也就減少了，弟弟帶著巨大的哭聲來到世界上，還有吸力十足的吸奶技巧都讓整個產房笑聲不斷……

生弟弟真的是一個很輕鬆的生產經驗，除了從容得和一般的生產故事不同外，另一件讓我事後想起來就想笑的事，恐怕也是少數人才有的經驗。生產當天除了有護士、醫生外，還有些可愛的小護士來實習，在待產中

我看到有幾位忙進忙出，並不以爲意……沒想到進入產房時，幾乎當天實習的小護士都擠進來看，後來據說是因爲實習的小護士是不值夜班的，所以要碰到有產婦大白天生孩子，還眞是個很難得的機會。其實當時我並沒有注意這件事，是生完後才發現怎有這麼多人走出門啊？哇ㄌ～這麼多人都盯著我那地方看喔？那……我剛臉部有很扭曲嗎？叫聲有很恐怖嗎？還有幾乎光溜溜的全身？我緊張的問著 say 。這時一位小護士流著淚走過來，握著我的手說：「媽媽～你眞的好勇敢喔！眞的把小孩生出來，你好會生小孩喔……我們，我們都哭了……」我想她們應該是被血腥畫面給嚇哭了，我還安慰她說，「不要哭了吧～你看弟弟好會吸奶～。」企圖引開她的情緒，我想那一天應該是那些小女生第一次看到如此活生生的一課吧。

說到這些事怎覺得好像是昨天才發生過一樣。每個孩子出生的情況都是不同的，根本不必去預設狀況……。這是我的主治醫生給的觀念，無非是讓我們了解生兒育女是天經地義的道理，生了孩子才知道生孩子的痛……我想這就是學習當母親的開始吧。

為什麼

孩子都愛問"為什麼?"但是並不是每個為什麼都有答案啊!.

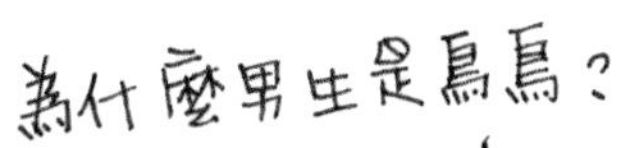

為什麼女生要穿ㄋㄟㄋㄟ？

漸漸的你會發現"為什麼"的定義
越來越廣了⋯⋯

各種奇怪的"為什麼"就像潘朵拉的盒子一樣
関不起來……

為什麼？他不抓另外一個？
很多眼睛看到的事，變成"為什麼？"事情就變的很複雜呀！
挖土啊…
挖土機在那幹嘛……
好啦！換我問你們……
為什麼不吃飯…
為什麼不想睡…
為什麼要吵架…
為什麼不想寫功課.
那來那麼多的為什麼啊？其實大人也有很多不知道……
好啦～
讓我想一想….
我只是……沒有說話
那你為什麼沒有說話？
欠…扁…嗎？
完了，發火了～

Today：

一定要有個女兒ㄛ

「帶著我小女兒，啦啦啦，啦啦啦……到處去走一走，到處去走一走……」騎著摩托車和昀昀一起唱著這首兩人自編的歌，享受著兩人相處的時間。多了弟弟後和她說說話的時間眞的變得很少了！女兒，對媽媽來說眞是一份「最特別的禮物」，明明有個和自己一樣的小影子，卻絕對不和你一模一樣，複雜的情緒就是媽媽對女兒的情結，當了媽媽也是女兒的我，仍然還在摸索中。

女兒通常是受保護的，可是有時可能小看她了，記得剛生完弟弟不久，有一天在小吃店碰到以前的同事，沒想到他居然指著我哈哈大笑說，「剛才我還不相信是你，眞的變好胖。」我尷尬地望著他和他苗條的太太傻笑了一會兒，就找了位置坐下來吃著麵，心不在焉的馬上被女兒發現，她忽然放下筷子，身體向我一擁，抱著我說：「媽咪，我永遠都不會嫌你胖，以後如果人家笑你，你就躲在我後面，我會說『嘿！我媽咪是生baby才胖的，不可以笑她。』」4歲不到的小女孩，我還眞佩服她。四處張望著，她

大概想找走遠了的舊同事「理論」一下，這樣就夠了，孩子，媽咪知道你是站在我這邊的。不知道有沒有媽媽會像我一樣，有時候面對女兒的教養時，會有點莫名的心虛……有主見、有原則是我小女兒的特性，她不會在7-11吵要買這買那，答應我們的事也都會做到，安分的個性常讓我有點不忍心。

回想我媽對我小時候的形容，又「ㄏㄨㄢ」又講不聽，任性耍脾氣，芝麻小事就嚎啕大哭個半天，看了眞是討人厭啊～還好女兒和我不一樣，總是記得大人的叮嚀——「癢癢要忍耐」「聽完故事就睡覺」「哈啾吃一個就好」……握著她瘦小的小手，看著天生帶有過敏體質的她，沒關係吧～偶爾不聽話一下，你還是媽咪的小女孩ㄚ！在這年紀時媽咪大不如你呢！

有了女兒，對人生的想法眞的大大不同，看著她慢慢長大，回想著自己的童年，會覺得自己好像錯過了很多的事情——不記得有沒有告訴媽咪「我愛你」，有沒有要爸爸替我做超人面具，是不是也愛用白色蠟筆。這一切都在她的成長中讓我再過一次童年，也學會更珍惜更積極地面對擁有的一切。有時我流淚，有時我沮喪，但總會有一張溫柔的小臉對著我說：「媽咪～你要笑開心

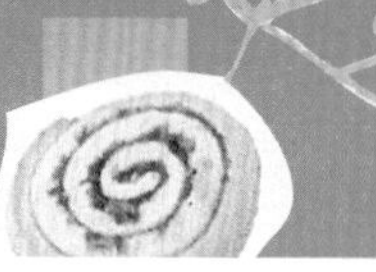

嘛！」如果有一天眞的遇到神燈要給你三個願望，記得「一定要有個女兒ㄛ」。

姊姊真好

「爲什麼又是我要收東西？又不是我玩的。」「每次都是弟弟丟得亂七八糟的……」女兒情緒不滿地和我一起收拾著地上的玩具，如炸彈碎片般散落在家裡的每個角落，收拾起來眞的很抓狂。這幾乎是每天上床前都要上演的戲碼，我只能很無奈地安撫她說「弟弟還小收得很慢…我們幫他忙！」「你是媽媽的小幫手啊。」雖然不是很滿意我的說詞，但姊姊眞的了不起，不一會她還是把客廳收拾得一乾二淨。

記得弟弟出生時，她才剛陶醉在當姊姊的夢幻中，但隨之而來就是成天被罵的噩夢──「不要吵弟弟睡覺」「不可以摸弟弟的臉」「不要壓到弟弟」，被迫升等當姊姊的代價可是沉重的。隨著弟弟慢慢長大，她的負擔也日漸加重，和媽咪出門要幫忙拿東拿西，手忙腳亂時要看顧弟弟，要幫忙注意弟弟塞在嘴裡的東西，陪他玩很笨的追跑遊戲。年紀還不大的她也得懂得和我們分攤照顧弟弟的瑣事，有時候我也會有點不忍心，但家裡的生活中能有個小幫手，對我來說眞的幫助很大。

當然，她的抱怨時常也會引起我的不耐煩。「大的要讓小的」「都幾歲了還搶東西」這類說詞，總是在每次的爭吵中脫口而出，嘟著嘴她還是把手上的玩具讓給了弟弟。退讓成了她的唯一選擇，其實真的是委屈了她，問她會不會討厭弟弟，她總是回答「不會啊～是小弟弟，小嘛。」不曉得這回答還能支撐多久，但她的書包裡總是留有一顆糖果、半片的餅乾、或是小玩具，下了課就會交代我那是她要留給弟弟吃的……

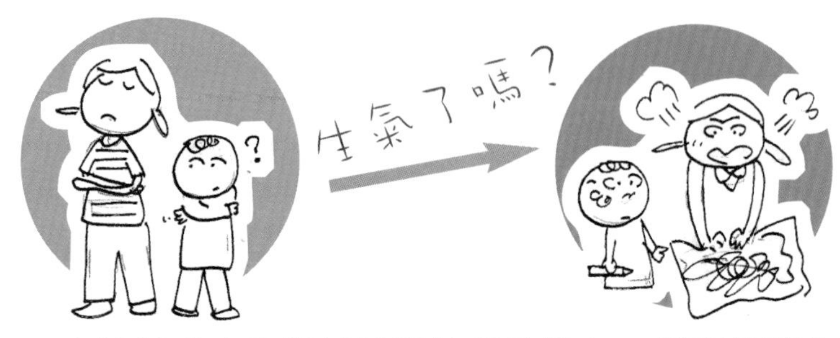

小時候我也吃過姊姊留給我的點心，媽媽忙著生意，姊姊才是我真正的保母。有姊姊的陪伴我不曾孤獨過，跟著姊姊到處去玩。跟著姊姊我才敢過水溝上的木橋；跟著姊姊我才敢走進鄰居家的門；所有的事都是和姊姊在一起──睡覺、洗澡、上學、聽收音機。跟屁蟲是當妹妹的專有名詞，姊姊沒有跟屁蟲跟班也很不放心。

就在這一陣子我才發現，我周圍的朋友好像都是當姊姊的，她們應該都和女兒一樣過著「姊姊生涯」吧！犯錯肯定是先被修理，凡事都得擔當些，也許會懷疑自

己不是媽媽親生的，但看到弟弟妹妹受委屈還是奮不顧身地出頭。這就是姊姊的特質，沒人告訴她該怎麼做，但是當了姊姊就是姊姊囉。

一直都是妹妹的我，從女兒身上才感受到當姊姊的壓力，傻呼呼的弟弟老是跟著她，勇氣和智慧是她給弟弟的依靠，媽咪把背家裡電話和學習應變事情都交給了她，萬一媽咪不在時……萬一遇到什麼事，姊姊就是小媽媽，她接收了媽媽的部分工作。是啊～有個姊姊眞好，想到我一定也是如此的依賴姊姊們，只要安心的當「小」的角色，凡事都不是問題了。這樣的成長關係對一個人的人格發展多少有些影響，幼稚園的老師也說女兒在同齡的小孩中，似乎更懂得分享、情緒也容易控制……。「媽咪～我也是你的小寶貝嗎？」小小的姊姊和弟弟分享著一切，在還沒有弟弟之前，她非常肯定自己是爸媽的唯一，現在她總是要問一問自己的位置。

「你當然是媽咪的小寶貝囉！辛苦了～雖然不是你自己決定要當姊姊的，但是我們有姊姊眞好！」

本篇獻給所有的姊姊們，謝謝！

Today：

我是一年級

再過幾天女兒就要上一年級了，「今天起我們就是一～年～級～」，幫她整理著新買的鉛筆盒和新書包，腦子裡還想著這句歌詞，這好像是一句告別歡樂時光的前奏，讓人對上一年級的期待帶著一絲不安。喔～不要緊張，那其實是我的感受，並不是孩子真正的想法，他們應該沒想太多。

不過可以確定的是，家中的生活作息又得要來次大革命，七點五十分前到校，往後的 12 年或許更久都要在這時間到學校，國中更早高中要更早，我像預備打預防針一樣的緊張了，得完全改變自己才能配合學齡生涯。我恨早起，記得離開學校去上班的第一天，我在公車站高興好久，對著手錶狂笑好幾聲，不敢相信都快九點了自己還站在公車站牌下。終於脫離那永遠睡不飽的日子，及無奈的考試輪迴。只是孩子長大就注定要再來幾回合，爬不起來的夢魘又要開始了～

想到這裡我開始朦朧起來了，女兒上小學

後就表示她長大了，要自己能學會照顧自己，要交新的朋友，有不一樣的老師，很快的也要和大家一樣去補習，問別人學了多少才藝，考試要不要大猜題，演唱會能不能翹課去？她會不會和我一樣總是缺乏了一點點勇氣……。因為成績不亮眼，我的黑白人生就在當學生的時期，不明白為什麼每天都要上學，成績單是我的噩夢，愛吃鼻屎的男同學老是坐我旁邊。我假裝是不愛唸書的孩子，來掩飾完全跟不上進度的功課，老師講的是同學們聽得懂而我卻不懂的習題，久而久之就只能默默地做自己的白日夢度過每一天。

從一年級開始就要一直當學生到二十好幾，步入人生實戰的軌跡，這中間的煎熬和磨難，就是成長的開

始，苦澀又憂鬱的年紀隨之而來，競爭的環境像漩渦一樣擺不掉，歡笑和快樂將會很難再見。

鉛筆盒內躺著大人幫忙削好的鉛筆，爸爸說要好好用功唸書，我也同樣地對女兒說著，但其實心裡面想的還多了些，希望她常保天眞活潑，能和同學好好相處，身體都很健康，成績不要太差……願望出奇的平凡，卻是當媽媽的眞心情。

試背著新書包，女兒高興地跳著，對未來的事她還保持著新鮮，門牙快掉了，吃飯可以吃完一碗，她覺得自己長大了，像蝴蝶一樣可以展翅飛。「媽咪～你說我像不像一年級的小朋友啊？」「是啊～你就是一年級的小朋友啊！」時空瞬間回到三十年前，爸爸帶我去上學的第一天，雖然知道他就站在教室的最後面，我卻緊張害怕發抖了，連老師叫大家拍手唱歌我都不敢，忍著淚我只想快點下課回家。

能保持好的開始才有堅強續航力，孩子，加油吧～

1.
媽媽你忘了來接了嗎？
和老師站在校
門口等了約20分
的女兒
熱
2.
不會吧～～8點半了
還在睡
快、
快
快
快

3.
老師，Sorry，我24小時
沒睡了，今天沒辦法
去學校當"愛心媽"
教小朋友畫畫了。
喔？好吧....
無奈的老師

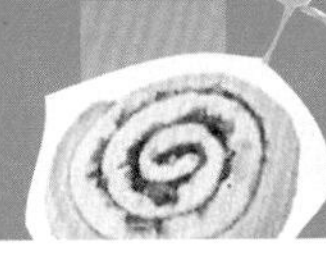

Today：

讓我們鬆口氣

星期二的晚上已經快11點了，女兒還坐在書桌前寫著功課，連續五小時除了吃飯的半個小時以外，她一直在完成今天的作業……。

看到這段文字應該沒有人會相信這是一年級小學生的一天。當然做父母的也輕鬆不到那裡，除了看著她寫的字是不是如老師要求的「居中」，筆劃要正確，大小要一致，以及注音的調號是不是落在適當的位置……左撇子的女兒吃力地用幾乎「刻印章」的方法寫著國字。後面還有教改模式的數學題等著她，「一共就是加，多多少就是減」，我盡量想辦法讓她懂。而她今天還沒做完的包括抄寫課本、美勞作業，以及她和老師間的「親師交流」——在連絡簿上留下今天想的造句並畫上插圖。

在女兒上了小學這段時間，我們一直在適應她學習上的問題，開始是拼音不太會、速度超慢，後來發現她沒寫過考卷，完全搞不懂題目。初初我們以為小孩都是如此，只要慢慢跟上腳步就可以了，

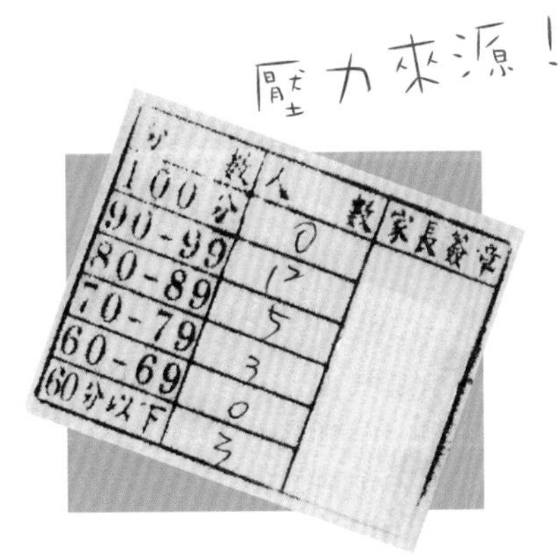

分數	人數	家長簽章
100分	0	
90-99	17	
80-89	5	
70-79	3	
60-69	0	
60分以下	3	

但老師卻忍不住跟我反映她的速度太慢，同學可以完成的習作她都沒辦法，對基本學過的字都跟不上反射反應，交代的事情也記不住，課本忘記帶回家的次數多到數不清，狀況接二連三，讓我和 say 招架不住。我們開始苦惱追究，想了解女兒的問題出在哪裡，是不是沒上安親班？是不是對她的管教太鬆散？

自己帶大女兒，她的個性我很了解，單純善良，口齒伶俐，熱愛創作，但功課方面可能跟我一樣不太靈光，猜想日後的學校生涯也是差強人意吧！但這些日子只能說讓認識她的人有點難以相信。老師牆上貼著「心不難事就不難」，我還是保持著樂觀，想著多給她複習應該很快會進步。但是，情況並沒有改善，已經寫過 n 次的生字，還是在考卷上寫錯，情緒越來越無法壓抑，「媽媽沒有要求你考 100 分，但是不可以考太爛～」看著老師蓋的成績章，我終於忍不住對她大吼。

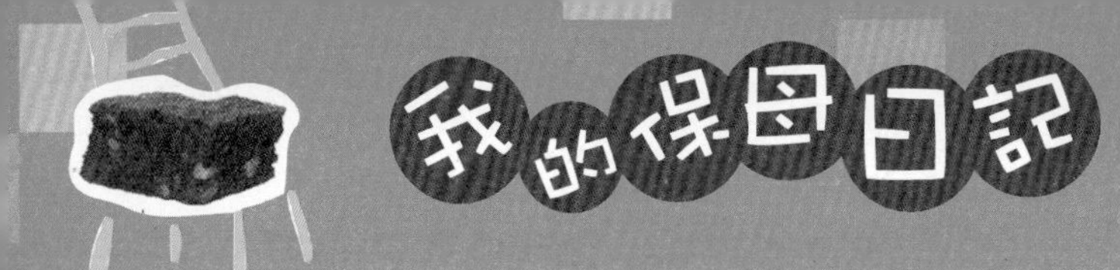

接近考試的日子，我們也越來越緊張，之前就教會的還是考錯，那到底是會還是不會？焦頭爛額的空氣瀰漫在家裡散之不去……原本一直說我太緊張的 say ，最後也忍不住地開口罵她，因爲眞的不知所措了，夫妻倆面臨到一個不知如何改善的僵局。

能問的朋友和可以請教的對象都去接觸了，得到的答案眞讓人心灰意冷。這就是教育的瓶頸，能適應的自然是考試健將，肯定能過關斬將的順流。不能適應的就只能自己傷神了……。氣不過的無奈，我泛著淚水，都過了快 20 年了，原來還是一模一樣的教育模式，成績跟分數就是一切。媽媽們都忙著打聽那位永遠 100 分的孩子是怎教的，而女兒還天眞地問我「100 分到底會怎麼樣？」「可以換 2 顆扭蛋。」我決定這麼做了！回想

自己成長的路程，因爲過度缺乏分數上的競爭力，我開始朝自己的興趣發展，觀察別人、畫畫塗鴉、做做白日夢。心裡面一直鼓勵自己，一定可有一片天的。幸運的是，我順利將自己的長才發揮在工作上，廣告公司不用考試100分的人才，主管中也有英文不適者，閱讀障礙是普遍的症狀，屁股黏不住椅子，下午眼睛才張得開的人……。

任何環境都有快樂和不快樂的人，既是過來人難道苦樂還不知，經過沈澱，我和say決定鬆口氣，讓孩子帶著她自己的天賦去努力，將來的人生是靠她自己掌握而非我們，唯一不同的是她得到家人的支持，這可是當年我們一直都享受不到的待遇。總之，能改變的還是只有自己，雖無奈但可接受，至少我們都努力了，只希望在強力競爭下讓自己鬆口氣，過得順心些啦～

Today：

我從來也沒想到，那個坐在地上大聲哭鬧的小孩會是我認識的，恐怖的是，他還是我的兒子……

場景1：忠孝東路上的某家銀行

和平常一樣，吃完早餐，我帶著弟弟一起到銀行去辦點事，銀行正好在裝潢，刺鼻的油漆味和狹窄的空間，是讓人不太舒服。弟弟剛開始還覺得新鮮，爬上椅子上上下下玩，今天的燈號顯得有些慢吞吞的，等待的人漸漸多了起來，原本就沒幾個位子的銀行，一下子全坐滿了。弟弟顧著自己繞圈子玩，沒注意轉眼間座位被一位太太坐了下去，站在座位前他開始咿咿啞啞地叫了起來，我看那位太太一副沒有「幼吾幼以及人之幼」的胸襟，便走過去打算抱他離開，沒想到他奮力掙脫我的手，跑去推那位太太。這當然不行，我捉住他，然後他就開始大哭，跌坐在地上拳打腳踢，脫下鞋子瘋狂亂丟，然後身體不斷扭動讓我抱不住他，銀行裡面除了他驚人的嚎哭聲外，已經聽不到別的聲音了……

場景 2：泰國菜的餐廳

我們今天決定吃點不同口味的東西，帶著弟弟上餐廳是一大挑戰，小時候乖乖躺在 carseat 上等我們餵他的溫馨畫面，早已不再了。堅持自己使用餐具看起來很上進，其實被他玩出場的食物比吃下去的多，吃兩口咬兩下還會呸出來，看得我們實在捉狂連連，忍不住對他警告一下，假意的哭兩聲後又開始胡鬧，一下要喝水，一下湯太燙，吵著先吃西瓜，張羅給他後，又這個不要那個不要，一頓飯吃得全家烏煙瘴氣的。

也不知是不是不合胃口，還是哪兒不舒爽，他居然挑釁地把一大盤菜掃到桌下，我當然是怒不可言，再也耐不住情緒，抱住他用力地往他大腿打，漲紅著臉實在是顧不得餐廳裡有多少眼睛對著我看，嚎哭聲又再度出現，更難堪的是，弟弟還哭到把剛吃下的東西吐了一地……

場景 3：台北 101

當然是國際化的購物空間，向左走向右走連大人都搞不清方向，弟弟卻自己決定要走的方向，姊姊要尿尿，是走這裡沒錯！我們要去廁所，他卻不跟著我們走，拉拉扯扯地好不容易又逛了沒多久，他又來了，一

下不肯走，抱著他走不到幾步就溜下來，大家都往這走他指著反方向，走到電梯時不給大人牽著，逛街的興致已經盪到谷底了，弟弟還在那玩垃圾筒。

爲了不想擴大災難，我只能告訴姊姊下次再來的訊息，聽到「要回家了」的弟弟突然大哭了起來，然後又用一貫的哭鬧手法，不僅跌坐地上「不要不要」的叫著，面對我們的安撫都以激烈的肢體動作反抗，實在是拿他沒辦法，我和姊姊只能站著看他，來來往往的路人也有許多的外國人正盯著我看……

眾目睽睽下，我們好像是全民公敵，帶著一個隨時會有狀況的孩子，而我其實也很清楚大家心裡在想什麼？「怎麼會教出這樣的小孩」「那孩子肯定是寵壞了」……因爲以前我也是這樣看著別人，現在終於輪到我被別人看笑話。

弟弟的年紀還說不上道理，能表達的字彙也很有限。這是我從姊姊幼稚園老師那裡問來的答案，但弟弟的這種野獸行爲真的讓我很沮喪，完全是不定時炸彈，好像家裡面有問題的水管，不通暢時隨時會爆發。最委屈的是面對這種小孩，絕大部分人的評語都是「被寵壞

了」，媽媽們為什麼總是眼神空洞地放任著，社會上早不容許在大庭廣眾下教訓孩子，道德和教養在內心掙扎，不能以暴治暴是專家們再三呼籲的，該怎麼做才是當下唯一想到的。

有了兩個孩子，才知道每個孩子都有不一樣的特質，為了不想讓弟弟成了「社會上的問題」，我和 say 開始決定好好研究他的「好發症狀」，好像餓了倦了比較容易發生，姊姊也提供有些地方味道確實很不好，空間也是孩子敏感的地方……如果是身體不舒服那是一定不順的，總之我們用了心，只期望弟弟能學當「乖囝仔」，全民公敵的警報能早日解除～

Today：

家有小犬

再過幾個月弟弟就要滿兩歲了，看著他滿臉鼻涕眼淚地躺在地上耍賴，不知道他這樣子還要鬧多久……不像姊姊早早就會說話與人溝通，弟弟好像一直都只能和我們「猜」！好在他還是保持很規律的作息時間，但除此之外，有關於他的學習、教養、認知，實在讓我們傷透了腦筋。

難開金口的弟弟對於與人類溝通這件事，恐怕是有很大的障礙，對於所有的事幾乎都是持反對的立場，「換尿布」「不～要」；「吃飯囉」「不～要」；「來洗澡」「不要不要」，什麼都不要或許是這年紀的邏輯，但每天都在你追我逃的日子裡，還眞是疲勞到極點了，也不知道他在「反對」的立場上到底得到什樂趣，倒是我這產後一直無法康復的坐骨神經痛，好像隨著他長大更加惡化了……

「媽咪～弟弟在撕我的書」、「搶芭比、咬拖鞋」……弟弟的行爲在他開始手腳自如會爬行時，完全就以野獸派的作風在家裡搗亂，只要是到手

的東西無不加以「凌虐」一番，所以地上四處都是解體的玩具和他吃剩的食物。他看不順眼的還有很多——所有整齊、順序及排列的東西也都是眼中釘，他老大只要一出手，家裡簡直像被颱風掃過一般，然後就是撿不完收不完的罵聲不斷。拼圖永遠湊不齊，CD都摔得差不多了，書裡頭夾著餅乾屑，能發出聲音的玩具也都被口水淹壞了……雖然他屁股也挨了打，不過搞破壞這檔事一直讓他樂在其中，號啕大哭的假裝懺悔，下一分鐘他又有新目標了！垃圾筒被關到陽台外，廁所的門務必關上，低於他身高的東西一律往上搬，不過這幾招恐怕也擋不了多久，不知不覺中他就能爬上桌子，也夠高可以開家裡所有的門鎖了！

弟弟眞的是相當頑皮，不過他其實也有「鐵漢柔情」的一面，尤其對於親情的表現他還眞是有放感情，雖然常欺負姊姊，倒也是捨不得她哭，只要姊姊一哭他便會拍拍安慰她，而對於他視爲親人的玩偶更是保護到極

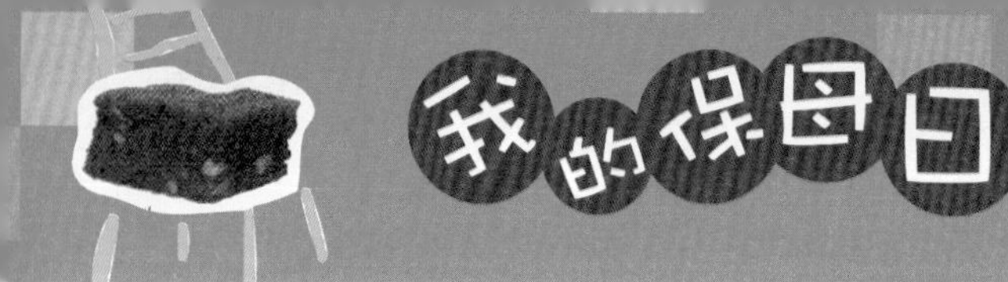

點，如果發現有不人道的行為他都會奮力搶救，又親又抱的深怕玩偶們受到委屈。最好玩的是對於進門的家人有一套獨門的迎接模式，忙著玩玩具時就跑來嘻哈一番，熱情時他索性像小狗一樣爬著打轉，每次都逗得全家哈哈大笑，讓進門的人無論在外頭受了什麼委屈，都會拋到九霄雲外！孩子就是有這樣的魔力，常常讓你氣得頭皮發麻，又常讓你笑到肚子痛，活生生家庭鬧劇每天都在上演著勒～

有些人介紹自己的兒子為「小犬」，這其實應該是有典故的，而在我的感覺，對於這稱呼來源的人一定有很深的體驗，小孩自然是不能和犬比，不過對於關愛的付出與互動，那還眞是沒兩樣，小孩幼小的心靈對於大人的包容可是很大的，無論你對他多麼的惡言相向，他始終還是愛著你、信任你的一切，這一點和小犬更像了。抱起弟弟讓他給我親親一下，那過量的口水在我臉頰濕了一大片，我想起老媽家以前養的那隻寶貝狗，牠也是很頑皮白目更是聰明機靈，「有時候乖有時候壞」——小犬和弟弟的個性還眞是像到不行。

鬧鐘弟弟

以前就常聽人家說：「家裡的孩子個性差異極大，完全是南轅北轍……」一直到弟弟加入我們的生活後，我才大大地體會到這一點。姊姊很容易適應環境，弟弟卻完全不一樣。

弟弟是個作息很正常的孩子，不論是吃奶、睡覺時間一到，他就像履行義務般去完成他的工作，每天都是7點起床（很少不準時），晚睡早睡都一樣，喝奶也是，完全依嬰兒時期4小時補充一次，另外三餐也要參加，不然他會一直繞著吃東西的人，不斷地哀叫著，好像覺得沒得吃，在這家庭肯定是沒地位！就這樣，他的吃和睡影響著我們～

弟弟的作息標準，在我們這「不正常」的家庭中卻顯得很不被接受，晚上通常是我和 say 比較能作業的時間，工作、思考常常是熬夜在處理，最恨的當然就是早起這檔事，可是偏偏有個早起的小孩，和我們的習慣完全不同，彼此要同化似乎也很困難……當然我們也用過一些方法，希望他能讓我們多點睡覺的時間，但是弟弟的肚子好像眞的有個鬧鐘，只要時間一到，我們的用心就完全失效，照顧他的心情就變得有些消極。

目前採用的是「受不了輪流制」，也就是被弟弟的哀叫聲吵到受不了的人就起床陪他，在還是嬰兒期時起

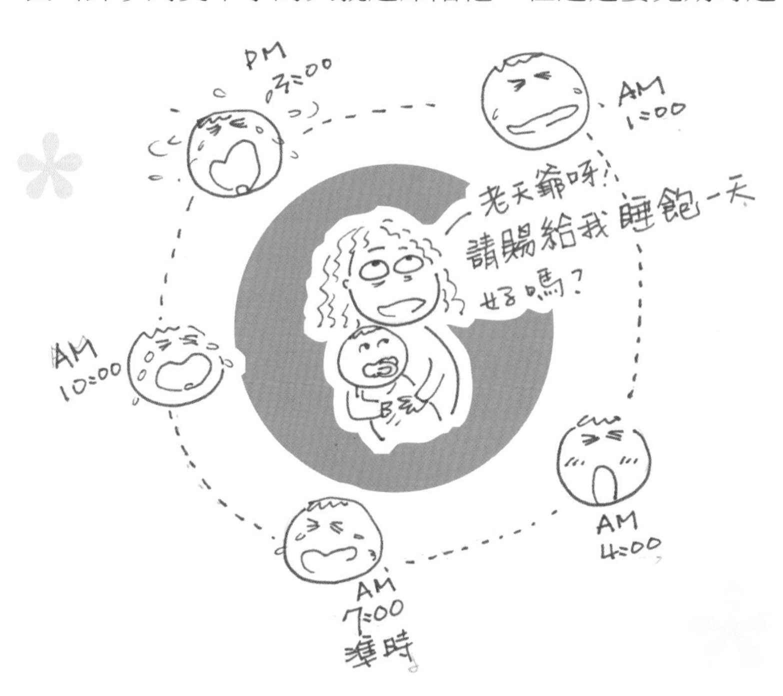

床的多半是我，因爲要餵奶，起床時間更早，現在連姊姊也加入「輪班」，她通常是被弟弟吵醒後，無法再入睡就自願一邊看卡通一邊陪弟弟……

這樣抱怨弟弟好像也不太公平，其實有幾次寒冷的早上，凍得實在是讓人離不開棉被，喝完奶後我要他多睡一會兒，他張大眼睛看著熟睡的爸爸和姊姊，似乎也知道在這時候把大家吵醒是極不道德的行爲，趴在枕頭上我看他用力的閉上眼睛，卻因爲無法再度入睡而忽然大哭了起來。

好吧！好吧～媽咪陪你啦，我知道你也盡力了！早起是好事～我們這一年來一直在努力，至少 say 拍片時不會睡過頭，姊姊也要上幼稚園了，我也可以早點吃早餐，最重要的是我們不用轉鬧鐘，因爲「弟弟就是鬧鐘ㄚ」

Today：兒童福利 part 1

如果說生孩子是一種歷練的話，帶孩子出門絕對是你人生的挑戰！

說起來也算是小家庭的一種「悲哀」吧！雖然有無限的自主性，其實生活中不方便的要算占大部分了……不管是颳風下雨或風吹日曬，小事如到樓下拿封掛號信，大事則有人掛急診等等，只要你必須出門都得拎著孩子，這對很多有保母或阿公阿媽在家的家庭是很難想像的生活……別以爲一手抱小孩一手付車錢很 easy ，推車、超市日用品、還有還有睡著的姊姊，司機的白眼，對我而言，出門是一項任務——只能成功，不許失敗！！

既然非出門不可，我通常心裡都會期望當天運氣好一些，怎麼說呢？雖然台北是個進步的都市，但是以媽媽的角度來看，對孩子的體貼都是不夠的。出門不外乎有交通、上廁所、吃東西等幾大類事情，而依我的經

驗，帶個孩子想悠遊台北根本是一件苦差事！先從交通方面說起囉～搭捷運算是方便的，但別指望有人讓座ㄛ，自己和小孩都要堅強一點，特別叮嚀孕婦及老弱最好不要從西門町站上車，少女們只在意坐下來丁字褲露得多不多，就算你在她面前跌得東倒西歪，她們也不以為意⋯⋯。

公車我也嘗試過，為了省點錢要付出的代價也不小，公車司機對動作慢的客人很反感，最好大家待過馬戲團，能在時速 20 公里時自動上下車而不勞煩他；計程車最理想，服務到家門口，東西很多時好心司機也會幫個忙，而且小孩吵鬧也不致波及太廣，只是來回就得好幾百ㄛ。

當然自己開車也還不錯，機動性強，但寸土寸金的台北市有多少停車場是在地下層，就算好運停到 B1 也要爬約 60 階的樓梯到地表面，雙手還要抱小孩、提東西、背推車。停車場眞是應該人性化一點，就算不考慮婦孺，社會上也還有很多不方便的同胞ㄚ～看到這裡是不是對帶孩子出門這檔事有點失望了，連最基本的交通問題都是困難重重，這和以前根本不用出門的媽媽是無法想像的！

出門一定會有人想上廁所，容易嗎？如果帶的是狗狗當然會輕鬆很多的啦～呵呵！下一次再說啦！

兒童福利 part 2

總是在最不方便的時間想「方便」，這就是出門最麻煩的地方了！當上媽媽後，我最關心廁所的問題了，有沒有衛生紙？馬桶蓋乾不乾淨？地上濕不濕？都列入「今日運勢」的評分中。

雖然這是重要的問題，但不見得是人人都重視的，其實小孩要上廁所是有點難度ㄛ～首先小孩的腳力是無法上到一般馬桶的，蹲式的腳張不開，通常需要大人協助，或扶或抱地在轉不了身的小空間內完成，如果周邊很嘔或四處溼答答，難保衣服褲子遭不測，女兒有次一不小心連小屁股都掉到馬桶裡咧！

而大人們想方便那就更難了，卸下全身的育兒裝備，一手捉住褲子，一手得捉住小孩，免得他去開門鎖或滑倒；和孩子擠在廁所還有一件尷尬，通常他們會脫口說出看見的事實：「媽媽在大便ㄛ，好臭！」「這是衛生棉嗎？」讓我常羞得不敢開門走出來！有個小馬桶或安全座對媽媽來說都是福音，如果是百貨公司那就死忠了，不論它東西賣得貴不貴，廁所方便一切好談，這其實也是一種

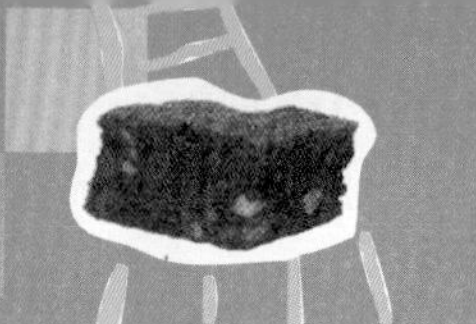

行銷策略嘛。但也有不認同的人，一位做室內設計的朋友，幾年前曾接下台北市以女性爲主的一家百貨公司的case，他以個人經驗及市場觀察特別設計親子廁所的規劃，沒想到完全被否定，業主的理由是「太麻煩，沒必要」，也就是說完全不必討好有孩子的女性消費者，至於得失之間就見仁見智了。曾旅居美國的大姊，對於那自由國土的唯一懷念，則是「有子同行萬事足」，只要是公共場所一律以「優先」的姿態接受服務，凡事都如此，該有的配備更是應有盡有，光看廁所就知道那裡的孩子和媽媽是幸福多了～

上完廁所接下來要吃東西了。我說餐廳有兩種，一種歡迎小孩，另一種當然是不歡迎小孩了。如果不幸誤闖到後者，那可沮喪了……沒有娃娃椅，不給小孩餐具，盯著小孩看（其實是瞪），還會過來告誡小孩發出

的聲音會影響其他客人……這是無法要求的，非關教養，有人一看到小孩就怕，喜不喜歡小孩子是個人想法，小孩連送口飯到嘴巴都有困難，更別說安靜幽雅地用餐了。所以我也只能匆匆吃完，下次不敢再踏進門了，而對孩子禮遇的餐廳當然都會再度光顧，帶著孩子吃飯夠辛苦了，誰願意在氣壓沈重的店內，吃個不搭不起的飯啊！

因為非得出門所以在意出門的事，而像我這樣的媽媽或爸爸也不是少數，在內心裡一定常吶喊著——給孩子一點福利吧！為他們多想想吧！記得小時候常和哥哥到家裡附近的「兒童福利中心」玩，我問哥哥「兒童福利」是什意思？哥哥說：「只要是兒童都可以享受到的事就是福利。」嗯～我到現在還記得！

轟炸機

等一下!

= 3

Today：

媽媽的笑容

從很多有關育兒的資訊中，都會提到媽媽笑容的重要性。寶寶看到媽媽的笑容，喝奶都會很愉悅，看到媽媽笑容的孩子身心發展都會很好，有笑容的媽媽也總是能培養出自信的孩子，媽媽笑了寶寶連便便也會很順暢喔……聽說在肚子裡就是如此了耶，真是好神奇。

看著我小時候的照片，我問媽：「你怎麼都不笑啊～還臭一張臉，出去玩都不高興嗎？」雖然是黑白的舊照片，我仍然清晰地看到自己，站在媽媽身旁不是掛著淚，就是噘著嘴，翻來看去都是不太高興的樣子，真不知道老爸怎按得下這快門的。老媽的回答也很另類：「有什不開心嗎？我都忘了。」「你又不是貴人，忘這麼多幹嘛……」或許媽老了真的忘了，可是我確實還有幾次的記憶在心頭！

生意忙碌的爸媽，在假日也會抽空帶著我和哥哥姊姊出門走走，那一次是在故宮前，我想和姊姊一起去買汽水，媽媽說不要，我哭了，媽媽氣得臉臭綠了還被爸

拍下來。另一張是去太魯閣，那一定是件很難得的活動，我不要穿哥哥的外套，媽媽的臉轉到一邊去了……想起來事情都不嚴重，可是媽媽卻氣得很，在數量不多的照片裡真的很少露出笑容，而現實的生活中也是差不多如此，她不是那種好脾氣的母親，一直到現在我還是很在意她的笑容。

我和 say 又忍不住警告女兒「昀～你如果再亂跑，以後都不帶你出來了。」、「再吵就回家，哪有小孩這樣的！」出去玩當然是件高興的事，可是怎會這麼巧夫妻倆總是有一人氣呼呼地回到家，我實在是想不透，是孩子專和我們作對嗎？還是～我們的態度有問題？夫妻倆坐在陽台前嘆著氣檢討著，女兒的個性活潑，但自律性也還算好，小孩子出門就是特別興奮，「不要亂跑」、「危險喔～」光是看著他們就很吃力了，還要吃要喝，東顧西看的，帶孩子說是出門走走，到頭來還是累到大人。「幹嘛對她那麼兇～」釐清了情緒，發脾氣的人總是後悔地說著。人真的不是鐵打的，到了當父母這階段，人生的思緒好像才有了開始，該煩惱的、該擔心的才漸漸走入我的世界，體力和情緒早已不像握方向盤那樣簡單了。

專家都說：「不要把工作帶回家，回家要換另一張臉和另一種心情。」這其實是不難懂的一件事，可是要做到並不容易，像我這樣全職的媽媽更難，我實在學不會在心煩時保持微笑，疲倦時還口氣依然溫柔，只要是讓我再三催促的瑣事，我會比影印機卡紙還抓狂～

既然在意媽媽的笑容卻又得不到它，這眞的是當人最爲難的地方了！自己又何嘗不能體會當孩子的心情，我也不想對孩子發一些芝麻綠豆眼的脾氣，但看不順眼的總是有，怎麼老學不會不要插嘴，丟三忘四的情況也改不了，大人想太多而年幼的孩子根本是想不到，衝突的空間就在那，笑容當然就這樣被一件件瑣事給淹沒了……

「媽咪～你要笑開心嘛！」和我不一樣的是女兒的勇氣，她善於表達也勇於爭取，就算被罵得臭頭，哭著花臉，她還是會要求大人的笑容，她的理由很單純，只求心靈上的平靜，她不要心愛的媽媽都不笑了！這好像很簡單，我小時候卻不敢，媽媽發著脾氣沒人敢說話，媽媽大概也不知道她的笑容對我們多重要吧！拿起我的小圓化妝鏡，對著它抿起嘴笑一笑，乾乾的唇缺乏著滋潤，似乎也欠著抹紅的血色，這樣的微笑實在是令人沒記憶，但孩子不嫌棄，他們只要是「媽媽的笑容」就滿足了！是啊～

像愚人節的母親節

「別忘了母親節慰勞媽媽一下ㄛ～」每年心慌慌的時間又來了，雖然這是個值得歌頌的日子，但是在商業行為的炒作下，總讓人覺得非得在那天「表示」個什麼一下，才能順利過節。從孝敬禮物開始，我相信為人子女的都頗傷腦筋吧……尤其像我這種自己也當媽媽的，明明知道其實什麼都不需要了，卻也因為整個社會都有康乃馨的味道，說什麼也不敢逆向操盤。麻煩的是，嫁了女兒的媽媽在這種節日，好像都特別思念女兒們，可惜女兒們其實還過著煎熬的育兒生活，過節的心思說實在是沒那麼濃厚。

但在幾週前，我們家姊妹就會開始接到媽媽唉聲嘆氣的電話，剛嫁出門時還不太了情況，然後一直到媽媽

的口氣越來越差時，才警覺是母親節到了，該給老媽一點風聲，例如我們會買蛋糕、禮物、或辦餐會。不管是什麼，媽媽只要知道兒女們有點動靜，她的心情就會好些，至少可以在她的生活圈內不丟臉就可以了。

過了三十幾年的母親節，能送給老媽的禮物其實就那些啦，送不起的還是送不起，所以這幾年家裡多半是以辦聚會來慶祝，然後啊～這個角力大賽才正開始呢！能不能訂到餐廳就是一大問題囉，母親節應已列為全民運動之一了，全國上下的母親放假一天，訂 PIZZA 的電話爆到打不進去，巷口的川菜館門口還排著長龍，想吃的今天絕對沒有，不想吃的還比平常貴上一倍，限時享用、服務費加倍，各式惡劣的怪招術都會在那天出現。但大家還是不敢動氣，因為那可是媽媽放假一天的日子。另一個角力是關於另一半的媽媽，那當然也是要安排的囉，吃飯分午場和晚場是最普遍的做法，送禮也要厚薄相當，大家都費盡心思地安排著，一樣都是辛苦母親，深怕過節的氣氛給弄僵了。

和媽媽敬一杯，一手舉著杯子一手抱著孩子，自己當媽媽也好幾年了，體會當媽媽的辛苦卻不愛這樣的過節方式，擠在勉強加出來的座位，大家真的吃得盡興嗎？母親節真的有快樂嗎？看著鄰桌的媽媽也是皺緊眉頭地望著縮水的菜色，可憐的是平日孝順的人如果在這一天缺席，好像也會覺得良心很不安，唉～大家還真像在過愚人節耶。

那問我想過的母親節方式？真的很簡單，當媽媽的心願自然是孩子健康快樂，唯一的牽掛也是家人……讓我消失一天吧！卸下人生的牽掛，不要打電話給我，不要問我晚餐要吃什麼，或今天要不要洗頭，可以的話我想找朋友出去走一走，不然就自由地漫步在街頭，這樣無牽掛地過一天，真的比什麼禮物都稱頭。在此祝天下母親都能自在快樂！

Today：

家有大長今

實在是媒體有太多的報導，讓我不得不一探究竟去看一看……果然是很有意思的題材，長今憑著天賦的資質，及對食物的熱情，一次又一次地讓大家讚歎而且度過難關……

而現實中眞有這樣的人嗎？就我認識的人裡頭確實有一位這樣的人才，她不僅對食物的屬性有很多的了解，也因爲先生經營中藥店讓她對醫理有基礎的概念，無論是藥膳及美食她都非常得心應手，這位現代長今就是我的婆婆。

剛嫁到 say 家的時候，從他們親友口中知道婆婆的手藝很不錯，心裡想那算是有口福囉～不過大家都說自己媽媽煮的菜最好吃，我對

「手藝好」沒有抱很大的期望。婆婆問我這從台北來的媳婦有沒有特別愛吃什麼？（好命吧～婆婆煮給媳婦吃。）我也回答不出所以然，肉、便當、義大利麵，反正就是一些很隨便的食物。婆婆一聽，勸我要把身體調養好，將來「做媽媽」才不會累，然後每次只要我們回去，她一定準備對女人家有幫助的藥膳給我吃，當時還

不準備當媽媽的我也沒想那麼多，但幾次下來身體的確眞的有了變化，手腳不冰冷，精神也好多了，改變最多的還是每個月該來的都會很順暢，然後她也會針對他兒子設計解勞抗壓的食療，而且餐餐變化多又精采，色香味面面俱到，我開始覺得婆婆對「料理食物」眞的有很大的天分！

婆婆的過人之處和長今一樣，就是除了對食物的熱忱外，也非常懂得照料別人，親友中只要有人身體微恙，婆婆都會主動關心，有時提供一些辦法，有時就直接「接收」照顧了——上至八十五歲的阿嬤、下至未滿三歲的我家弟弟，可都是受惠者。

當然在我做月子期間，更是領教了婆婆的用心，首先是她人性化的觀念，沒有一般婆婆莫名的嚴苛禁忌，她說現代的進步就是取代過去的不便，不過有些老祖宗的智慧千萬別忘記。而這期間我所吃的飲食都是中藥材中的上等貨，難以想像一碗成本約1000元的冬蟲夏草雞精湯（沒錯！只是一碗喔），珍貴的人參她也都豪氣的給我加入湯味中，身體健康最重要，不計成本的千元紅蟳，專人送到的東港下船鮮魚（不批到魚市的好貨），連麻油也請中部的親戚買

來，由當地老師父純手工限量製造的，好吃的東西要有好的材料，御膳廚房也不過如此ㄚ。雖然當時的產後憂鬱困擾我，但我眞心地感謝她，做月子是女人改善體質的最好機會，替我照顧剛出生的女兒，讓我可以安心入眠，婆婆待我如親生女兒，能當她的媳婦眞的是我最幸運的一件事。

婆婆的一生其實都在滿足別人的口慾，她樂在其中，也甘心付出。通常這樣的人背後都是有一張挑剔的嘴，對啦～那就是我公公。在大長今的故事中，不是有一位「明朝大使」明明身體不適，不能吃山珍海味卻任性的不肯吃「粗食」，公公也是那樣子的人，婆婆卻也花費心思爲他張羅。而這其中最大的挑戰是婆婆在幾年前，因爲宗教的信仰已經全面吃素了，個性堅毅的她不可能爲「試鹹淡」去嚐葷食，那大家從此就沒口福了嗎？並沒有，她依然爲我們煮出好吃料理。憑著多年的經驗，她可以憑直覺「落鹽」、「落糖」，口味並不減以往。長今在一次的生病中失去味覺，她的師父要她憑直覺去做料理，她做到了。食物在她們的眼中絕對不止是食物而已，靈活的搭配，巧思的變化，提味的技巧，都在她們手上活靈活現地展露出來。

識字不多，是婆婆的一大遺憾，但她卻像個活字典一樣有著豐富的人生智慧，讓接近她的人都會想從她身上學到些東西，除了吃的以外，園藝、醫理、養生她都有兩下子。個性謙虛又有耐心的她，難怪是大家族中尊

敬的對象。像她這樣的名師有沒有高徒呢？我有認眞在學喔～不過對於料理生疏的人來說，要學出師也要有些時間，從挑選食材到切食材都有學問，到目前爲止算是邊吃邊學囉，不過比起剛結婚那難以下嚥的菜色，算是進步不少了。在煮東西時加入滿滿的愛心，那是長今和婆婆一再交代的，如此才能讓吃下這菜餚的人眞心的感動，這一招眞的是受用無窮啊～

Today：

就是這樣來過年

是的！我現在和很多太太們一樣有著焦慮的症狀……是關於快要過年了。這種焦慮的情形結婚前就有了，爸媽生意忙，要找著一家大掃除的時間很難，大家嚷嚷著快過年囉快過年囉，媽要買的年糕卻還沒著落，爸想買的新鞋也沒時間去看，愛美的姊姊們和我還沒買新衣，卻要先去排隊買黑橋牌香腸……，那段時間全家都處在一種極度不安的情緒下，就好像無助地在等待「年獸」來襲一樣。

在還沒生孩子前，我和 say 是再輕鬆不過的幸福人了，只要訂妥交通工具，在過年的幾天前回到婆家，幫忙一下掃除工作，買買乾果餅乾，等著吃年夜飯就輕鬆過關了，接下來除了應付「哪時生小孩」的三姑六婆的問題外，說實在是沒啥好擔心的。不過呀～這幾年來可就大大不同了，和小時候問的蠢問題一樣，心裡面老是

嘀咕著過年怎麼都是冬天啊～怕冷，一直是我的致命傷，更何況還有兩個幼小的孩子需要強力保暖，光是行李打包起來就很累人了，過年的新衣新鞋也要帶著，玩具抱毯塞到整車都快爆了。

不過「打包容易啓程難」，該帶的都帶了，最讓我們夫妻倆苦惱的卻是——到底何時出發？雖然工作的自由性好像很容易支配，但因爲很多責任性質的工作約定，讓我們也不得不小心翼翼地安排時間。就這樣，想早一點出發避開車潮，工作卻還沒告一段落，回去天數太緊迫又很累人，明明是理想的時段卻得去吃一場尾牙，月曆翻來翻去始終沒個定數，眞是煩煩煩、難難難啊～

根據往年的經驗，在選定日子後就得排除萬難拚回家，一到了婆婆家自然就開始有過年的氣氛了，所謂過年的氣氛眞的是一種「人氣」指標，婆婆家總是人來人往的熱鬧得不得了，親戚朋友人數可以用「可觀」來形容啊！這對出生在小家庭的我來說，還是有點難以適應。光是吃飯輪到時已經是第三攤了，洗手間一直有人在使用，睡覺是在有孩子後終於可分配到床，下床時得特別小心，因爲地板上可是睡滿人ㄛ～人多小孩多，從早到晚整個屋子就是鬧哄哄的。也難怪 say 有一身倒頭就睡的功夫，姪兒們還在旁邊吹笛子呢，而小姑們一家更厲害，雙人床墊上一家四口根本就是重疊睡，沒聽她喊腰痠背痛過。看起來似乎是過著一種很沒品質的日子，我眞的佩服這樣年年過的人家，不過這就是過年嘛～婆婆滷著豬腳每年都喊著太累不搞了，但是每年都還是有香噴噴的豬腳吃，大人們幾乎都是睡眠不足卻很 hing ，小孩子更是水乳交流，病毒和細菌在大過年的期間大大分享著。

從準備過年開始到過完年，可以說是過得很混亂，吃得亂七八糟，睡得糊里糊塗，記憶中的過年就是如此了，現在依然是那樣。這就是過年的特別之處，難得的假期都在團圓的氣氛中度過，在紛亂的現實中找到一種肯定的依靠。如果沒有這樣搗亂的生活秩序，年味就不令人回味了！所以，就是這樣來過年吧！

出門在外有點悶

常在餐廳或是路上會上演一種戲碼。媽媽氣急敗壞地罵說：「你再哭、再哭就@# ※◎……」然後一旁的小孩肯定是哭得更大聲。請相信我，媽媽們絕對絕對不願意在路上罵小孩，可以偷偷笑但不要回頭看他們，不要好心前去幫小孩說情……因爲母子們肯定是受夠了！說到在路上罵小孩這件事，還眞是令人難以釋懷，有時還會氣到都上床了還在氣。小孩當然也是不好過，女兒還會跟我說夢到我在路上罵她……（我也眞的常夢到我媽罵我）。

到底有什麼事非在路上罵小孩呢？說起來也很奇怪，如果人生以比例來算，一生中在外面吃飯、閒逛或是過馬路的時間應該是不算多的，小孩子卻有辦法在一天分之一小時或七天分之三小時，把親子關係搞到最惡劣的情況。

矛頭指向小孩可能有點不公平，但是沒辦法，他們無法獨力生存，自然得仰賴大人。問題就在這了，其實很多事可能是他們不想要的。例如吃飯！餐廳是最多小孩哭的地方，吃得太慢、不吃、吃不下、挑食都是罵人的起因，媽媽們餵到已經夠煩了，小孩還愛吃不吃的，飯菜冷了媽媽也開始火了，忍不住就罵了起來～先從吃飯事件開始罵，然後就連同生活習慣、學習態度、禮貌

問題都 run 了起來，有時還會加料恐嚇一下，警察來囉、老闆娘生氣了，大家都在瞪你ㄛ……罵到這裡小孩不哭都很難了，自然是唏哩嘩啦的。這時媽媽更是心煩氣躁，想輕鬆一下，吃個不用洗鍋洗碗的一餐，或是難得和朋友聚個餐，就搞得烏煙瘴氣……媽媽板著臉小孩繼續哭，哭到吐了，大家都夠丟臉了，還有人會盯著我

們看～真是悶啊！

另一件逛街也是常丟臉的，雖然說是「逛街」，不過根據我的經驗，其實那只是大人的興趣，除了玩具之外，要讓小孩和我們有同樣的興致根本是不可能的。

好吧～那至少陪著我們走一走吧。三步一跳五步一跑，撞到路人不說，走在路上可是危機重重，能不跌倒撞傷算是好運了。拉著他們的手好不容易進入商店裡，任何東西都是新奇的，一定要伸手摸是女兒最令人頭痛

的地方，告誡她一番後，百般無聊的她居然領著弟弟玩起躲貓貓，在人家只有不到一坪的空間內，穿過櫥櫃、躲進桌底、嚇到正在更衣室的人，不斷地把店內擺設當在家裡一樣自然把玩，彈跳坐上沙發，誇張的是在地板滾了起來。再次嚴厲的警告，罰坐 5 分鐘，這下他們可沒辦法了嗎？還是有招數，居然就玩起踏腳的遊戲來了，讓你不得不爲這噪音，再次停止逛街的興趣！看著店內小姐的臉色都快綠到不行了，那位媽媽還能多冷靜呢？自然是劈里啪啦的罵出口了……

像這樣在街上罵孩子的心情眞的很沉重，和我想像中有很大的差距，脫離了抱在手上的日子，我以爲長大一點了應該比較懂事，其實不然，我發現他們更能 enjoy 在自己的玩樂中，不管是不是遊戲空間，不管媽媽是不是面紅耳赤，不管別人是不是斜眼看他或有沒有危險性……。有自我觀念是官方的形容詞，有膽子玩、

心變大了才是我感覺到的，在眾人前罵小孩眞不是明智之舉，但百貨公司內到處張貼著「請不要讓你的孩子在此奔跑嬉戲」，我也不能假裝看不懂啊～生氣是一定的，突然覺得自己老了起來，染髮已經成爲我的必要開支，孩子們！能不能用講的，能不能配合一下，我已經開始稱呼自己是老媽了。

接到朋友的電話，說她們家最近有兩件難忘的事，一是買了 30 個菠蘿麵包，剛出爐的吃了一星期。二是含淚買了昂貴的花瓶，不但缺角而且完全和家裡格格不入……事出都是奔跑嬉戲，小孩失手大人買單～謝謝！

出門必忘.至少一件.實在太多事了!

說故事

說到聽故事這件事 無非是大人小孩
都是感興趣的.....

當然,我也是說故事的支持者....

不過，其實說故事，帶給我們的，並不是很美好的經驗....

故事很長，
要每天每天慢慢說…
可是….
故事还有啊
不要說了.
快睡吧
h….
日有所思..夜有所夢
Z Z Z
WOW
嚇
媽咪….
你醒來嘛
我作夢了…
什麼事?
眼睛被撐開
到底睡不睡！

簡直是無法結束的PK賽…..

註:故事CD亦有同樣效果,疲累父母不宜嘗試…
聽聽音樂倒是不錯…

廣告先生的龍舌蘭

星期二的颱風居然把陽台上的龍舌蘭從 11 樓摔下，粉碎在 1 樓，狀況悽慘。它是廣告先生拍片帶回來的道具，原本是租借的，但不幸被助理摔到後，只好花錢買下它……剛帶回來時只是小小一株，色澤及健康情況都不理想，但老闆還是硬收千元大鈔兩張，「這可是純種的喔～生長速度很慢……長這麼大就很不容易了。」然後在我家日光充足的陽台上生活了兩年，它已經足足大了三倍……我們都叫它「Queen」。

「Queen」在家地位很高，廣告先生每工作一回合就會到陽台看看它，澆水或檢查有沒有蝸牛，有時間還會替它擦澡……完全是細心照料。拍片忙時也會交代我給它看一看……颱風天下午，我正發現窗外風速加大時到陽台一看，來不及了，給吹下樓啦，廣告先生在電話中聽到我的敘述，心情馬上受影響，我告訴他我和女兒

火速衝下樓撿回它的根和殘破的葉子，神氣的「Queen」看起來眞像是徹底地打了敗仗，幾天過後經過指導，廣告先生把「Queen」重新種了起來，原本神氣的枝葉都給剪得短短的，「醜沒有關係，活下來更重要」——廣告先生鼓勵著它。

雖然「Queen」只是個道具，但來到我家還眞是幸福，因爲工作的關係，我家充斥著道具——杯子、盤子、燈具，大部分是和廣告先生逛街時覺得很不錯先買回家放著「等機會」，有的的確上過幾次鏡頭，有的卻一直都沒有嶄露頭角過。還有一種比較麻煩的是「寫實的道具」——穿過的破襪子，油漬漬的醬油瓶，用一半的乳液……咦～量米杯呢？要煮飯啦～

家裡常被廣告先生的道具問題搞得有點火大，他常把家裡的東西帶去拍片後忘記帶回來，不然就帶回很怪的東西來。我雖然體諒他工作事多，但有時也會抗議他的健忘，大概沒有人半夜被叫醒是因爲「今天拍片要用床單和枕頭，你先起來一下喔」。

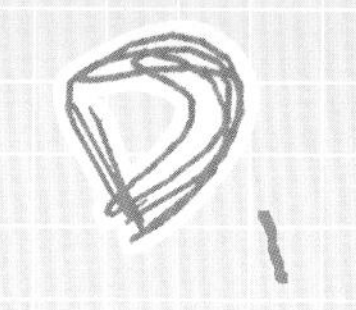

要的時候找不到，不需要時如糞土……大概就是廣告先生最煩惱的工作障礙，他常感嘆自己的行業是「很不環保」的製造工業，光鮮亮麗的呈現在大家眼前，不光彩的是視而不見的破壞環境。可能是年紀大點了，最近聽到他常掛在嘴上，難怪他打心裡面就愛「Queen」這種綠色道具，又乖又聽話，要它站多久就站多久，不用化妝也不討論片酬，就算是遭到不測，也還能東山再起。「Queen」代表他在勞心的工作中取得的平衡。看著精采無比的電影 DVD ，廣告先生還是熱愛自己的工作，但「好萊塢才是眞正搞破壞」他認眞地說著。

Today:

正港ㄟ台老公

誰都不能預測潮流的變化，這年頭還眞的流行「台」起來了。有關於屬於「台」味的風氣正悄悄地走入主流市場，搭上「台」味列車，我眞得介紹一下我的「台」老公。

光是出生地就讓人覺得他「台」味十足，本籍澎湖高雄出生，怎樣～有點轟動武林的感覺了吧！剛從南部北上工作的他，看似老實的樣子總是跟大夥有點格格不入，冬天大家穿著厚外套，他只穿一件牛仔外套（高雄不冷沒買過厚外套），當時流行騎速克達的機車而他卻騎著骨董型的腳踏機車，說出來的話也常讓人搞不懂，動詞說得強而有力（罵髒話），形容詞和語助詞也常惹得大家狂笑（哇勒＋靠腰……阿娘煨），沒吃過豬血糕和蚵仔麵線，黝黑的皮膚露出白牙，笑嘻嘻地說「高雄

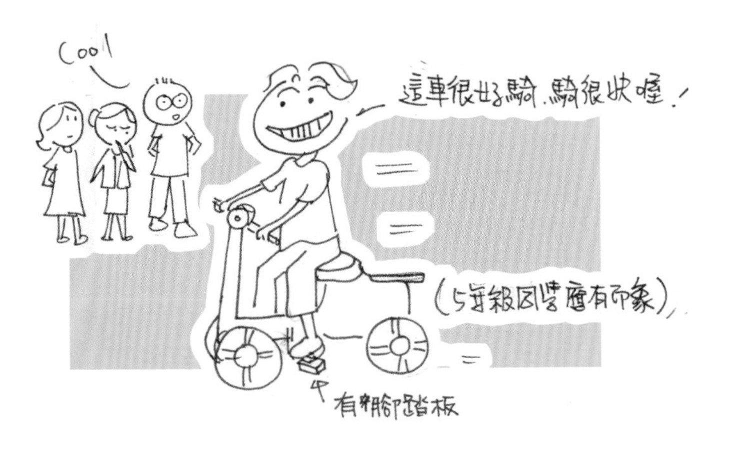

隴牟ㄋㄟ」，不過台感十足的他威脅性不大，很快地也就和大家的距離縮小了。同事們都對他的台式思考模式有點好奇，直來直往是年輕人的風氣，他卻是很少發表意見的那一個，後來才知道凡事都擔心出錯的人，總是越容易說錯話表錯情。

俗話說「嫌貨才是買貨人」，當初對他意見頗多的我，還眞的跌破眾人眼鏡和他交往，朋友老愛捉弄我說「嬌嬌女配上南部郎」，憑著同月同日生就許給他？連追女友方式都台到不行，在公車站等著載我上班，要帶我去買便宜的 CD，請我去吃排骨麵，……剛開始我還眞不習慣地抗拒了起來，不過見招拆招，女孩子總是有弱點的，「我媽看到你照片，說你長得好可愛ㄛ～」「眞的嗎？」你看，好騙吧～卸下心防就容易看到彼此，就這樣成爲了台客太太！

也許是思考邏輯不同，雖然結婚十一年了，對他的一些台味行徑仍有疙瘩，快變紅燈前瘋狂加速，明明約好的地點老是等不到他，公車上大聲問我「ㄟ你那個來了嗎？」（稅單），搞得我不知如何是好地氣起來，然後他還會問「ㄚ是勒氣暇？」因爲在他的想法是，變燈前衝過去才會一路綠燈，約好的地方他怕我找不到所以先去找我，「那個」因爲是口頭禪所以別在意……諸如此類，總歸他對自己的行爲也有一番解釋，覺得自己解釋合理就是有台客的精神囉！

當了爸爸的台客又是如何呢？遵照了既有的台客路線，他眞的是個顧家的好男人，賺錢買屋安頓老婆小孩，有空閒也會帶著我們出去走走，吃苦耐勞地守著本分，最令人感心的是他的手藝出眾，家裡面的裝潢全是他一手包辦，我說的可不是 DIY 的那種工藝課ㄛ，地板

天花板都是實實在在的師傅功，爲家人量身定做的手工家具，都讓人懷疑他是木工轉行的。被人問起他也只是說有興趣而已，其實熱愛大自然，珍惜資源就是他的眞性情，喜歡不拘束的風格，堅持他的自然理念。

不修邊幅的忙著工作，不愛虛華的高空論調，可以天天吃排骨飯，不會送花更不會甜言蜜語，雖然沒有大家說的新好男人體面，不過正港ㄟ台老公，是眞的很不錯啦～

＊此篇獻給我的先生小薛＊

奢侈的幸福

照往例一樣，在這個多變化的季節，弟弟讓阿公阿嬤接去高雄小住一陣子，好躲過這個忽冷忽熱陰晴不定的台北氣候。平常和小孩一起生活的我們，可真的是撿到難得的好機會。弟弟一不在身邊，能做的事也一下子增加了不少，沒帶過年幼小孩的人恐怕是無法體會，那種肩上的壓力突然鬆懈了下來，輕盈的心情簡直比減肥成功還樂呢。接下來當然是要好好的、踏踏實實地度過這短暫的黃金時間囉。

就從吃開始吧～好像一種過度壓抑的反彈，辣的！進了餐廳腦下垂體不斷釋放這訊號，我並非辣食主義，但我想吃。伴著孩子的生活，我很久都沒能吃自己想吃的東西，吃著口味又重又辛的飯菜，心裡面居然有種說不出來的激動，抬起頭看著吃得津津有味的 say ，這幾天來無牽掛的吃喝，除了讓兩人的身上多了一圈外，臉上還帶著一絲滿足的笑意，比起那餐桌上永遠有鬧不完的情緒，人間美味也眞不過如此啊！

既然有多餘的體力，那當然是奉獻在我們的興趣中囉， DVD 一片又一片地輪番上陣，能安心又安靜地看完一部電影，我只能說「好幸福喔～。」捨不得讓眼睛及思緒停下來，真是越夜越清醒，想到只要送女兒上學去之後，就可以自由自在地昏睡補眠，這種快活日子真是過得讓人良心不安。書店也是必然要搭上的，如果你也常在誠品，然後看到一個不斷追著小孩罵的女子，那是我沒錯！我一直期待著一種景象——能和孩子們手牽手來到書店，大家安靜地看自己喜歡的書，付完帳然後一起喝咖啡吃蛋糕……。當然目前我還沒出運，到書店還沒翻到自己想看的書之前，就要開始追著興奮過度的孩子們。逮到機會，我居然狂逛四小時，一直看到眼花腳麻才甘心回家。當然上 msn 慫恿朋友蹺班去泡湯，也是勢在必行囉～春天不是泡湯的好季節嗎？順著廣告詞的心情，大家也都毫無悔意地往山上奔去，當熱湯的溫度由腳底開始溫暖到肩膀時，瞇著雙眼真想時間就此停住……

能夠短暫地過幾天這樣的生活，對我這種全職媽咪真的是很奢侈。當然對每個人來說，奢侈的定義其實很不一樣，還記得小時候獨享紅蘋果的心情嗎？到這年紀我也才懂失去的才知道珍貴，難得和 say 能「十指緊扣」的上街逛逛，紅綠燈前我們遇到了朋友，「幸福嗎？」我們倆異口同聲：「很奢侈！」

天堂鳥的天堂

大概是我把自己形容得太悲情了，身邊的好友們決定「救贖」我那顆好玩的心。光是能不能找出空檔，和小孩要不要帶去就花了不少時日「橋」，接下來還有一直擔心自由行程不夠「燦爛」的同伴攪局，總之，光是出發前就已經搞得很混亂了，終於在搭上飛機的那一刻，我才確定── Bali ，我來了～

ps ： say 說這是他獻上最有誠意的母親節禮物。

原產地在非洲的天堂鳥別名「極樂鳥花」，是一種被認為是快樂、吉祥與幸福象徵的花，在 **bali** 的天堂鳥開得特別繽紛美麗，自然就是天堂鳥的天堂吧！

我們是住在屬於島的內陸區 ubud ，剛到飯店時，我們簡直以為我們被騙了，因為陽春到不行的 lobby ……真的是稱為 bungalows ？一群人帶著不安的心情，跟著提著行李的小弟走在田園中……

人說柳暗花明又一村，這如明信片般的景色，就是我們住的地方。

房間看出去就是一片田園風光，真的好棒，感動得想流淚！處處可見的花是Bali的特色……

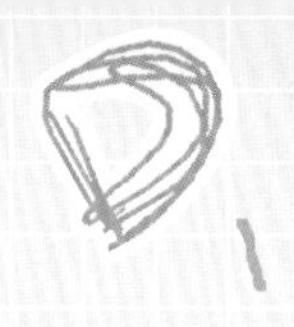

好多好多各式各樣的小店集中在這裡，逛得好過癮。有很多庭園式的餐廳看似渾然天成的造景真的好悠閒，讓吃也成了滿足的享受，還有價錢超「平」的當地人的餐廳也很好吃ㄛ～

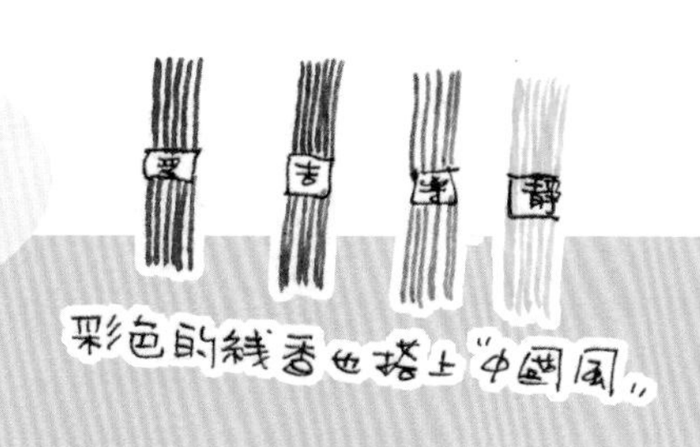

處處可見的藝術作品，令人驚豔～

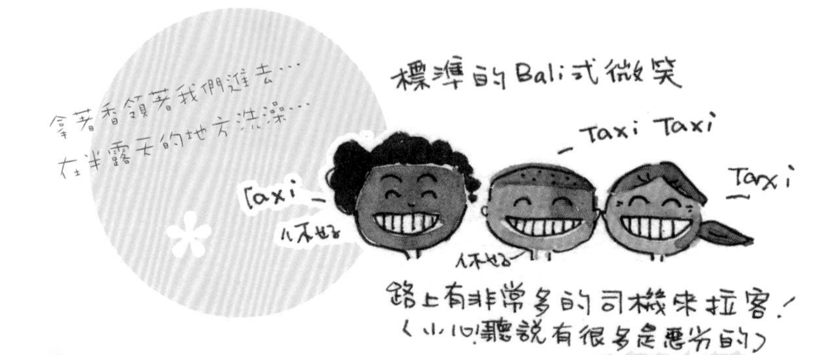

其實這次的旅行最難得的是能和兒時玩伴一起出遊，三十年的交情讓我們毫無拘束地發洩了透徹的心情，很盡興，很溫暖。是孩子的時候，我們曾約定一起出遊，一起帶著另一半……時間真的很奇妙，讓我們真的都實現了！

ps：在此特別感謝 amy 替我們在這次的旅行張羅“合不攏嘴的機票”及“不敢相信的住宿”，很完美，謝謝你～

歐吉桑的天空

到底是到了 40 歲的年紀囉……瘦皮猴先生終於也慢慢「轉型」爲凸肚男了。算起來他是有點晚才當爸爸，對於半夜起床看小孩和長途的車程都顯得有些吃力。食量和體重像翹翹板一樣的起起落落，原本就小的眼睛好像被皺紋擠壓得更吃緊了。不是要像「活龍」嗎？No！No！No！「小孩催人老」是他的人生體驗，歐吉桑常常在小孩面前打瞌睡，雖然不懂他們卻也耐心地幫忙拼火車軌，期望孩子快長大，而自己也不會老得太快。

40歲的大男人.拿著粉紅包包
站在路上等....

過
拍片的
道具要留
給女兒的

又來了.

爸爸.拉鍊忘了.

奇怪?
最近怎麼了?

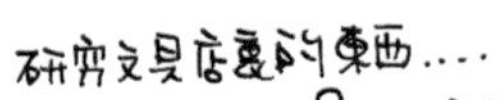

有時候,只想清淨一下....

愛你九週…年

上星期是我和 say 的結婚九週年，老套的說一句：「時間眞的過得好快！」記得第一年我們還互贈禮物（我規定的），第二年拍片太忙隨便吃頓飯，第三第四年也都在忙碌中，第五年才抱女兒參加，往後幾年的紀念日也都草率地度過了，今年我們相隔三百多公里的距離，只在電話中提起了「這件事」，幸好倆人還有點默契地說「改天吃去一頓吧！」以前很難想像人家十年的婚姻生活是如何度過的，年華是如何的老去，體力爲何大不如從前，其實這一切都在每一天的日子中自然的「耗去」了！時間就是這麼的過了，回頭看從前才知道自己眞的變了不少～

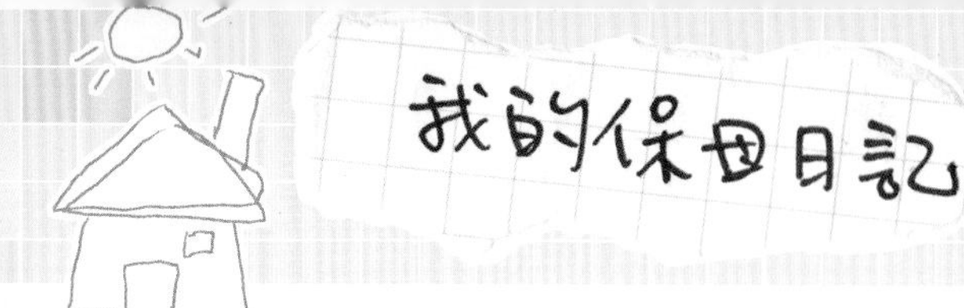

我曾經和女兒在一家咖啡廳，看著鄰座的一對男女，雖然很難定義他們的關係，但看他倆穿著隨意又攜帶生活用品，猜是夫妻應相距不遠。倆人從頭到尾沒有交談過半句，女的專注地看著她手中的小說，男的則閒得發慌四處張望著，我和女兒坐下後，則成爲他發慌的新目標，不斷用怪表情逗女兒，時間慢慢過了，正享受餐後咖啡的我忍不住打量這「沈默」的一對，如果是冷戰大可不必一起出門吃飯，尊重彼此的話，那對方的存在就顯得太不相干了，應該是沒話說了吧～雖然一起生活著，對彼此的關心可能已到冰點，終日盯著報紙電視卻懶得看你一眼。然而最無奈的是，絕對只有婚姻生活才會把人搞成這樣，我最怕沒人說話了，那種活受罪的日子，想了都起疙瘩。這時那位女士忽然站了起來，對他瞄了一眼，那男士則識相地快速站了起來，臨走前還不忘對著我們聳聳肩一副自得其樂的樣子。唉！

回頭看看我的婚姻生活，九年下來說風平浪靜也太虛僞，人相處在一起沒有容易的，我和 say 開始於同事關係，是同行也有共同熱愛畫圖的興趣，愛吃愛玩則是彼此的嗜好，生了兒女雙方更脫不了關係……再平凡不過的家庭生活，倒是倆人還算會找樂子，閒來無事拌嘴加味，九年來的生活其實是有甘有苦，倒是歲月果眞增

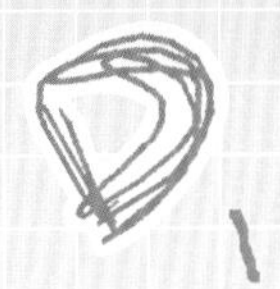

長了智慧，大事化小、小事化無也成爲我們「修行」的最高境界了！

女人最愛問：「愛不愛我？」
男人通常答：「嗯～」
女人又再問：「到底愛不愛？」
「有ㄚ～不是九年了。」
「又不是義務教育！什麼九年，我問愛不愛？」
「不是一樣嘛……」
看吧！雙方認知果然有差距，九年就九年吧！

外婆的澎湖灣

在不是假期的日子……
我們決定去享受屬於自己的假期

當船靠近馬公時，海風正吹來幸福的味道！

無限歡樂的海水樂園

AM6:00的市集，晚了可買不到豬肉

極靜的夜，只有星星和海潮聲…

婆婆的人生片段都在這土地上…

超醜玉米，超好吃
蝦子.
3.5kg
澎湖的南瓜
海菜
嘸人ㄜ—
澎湖婦女的打扮
都隨放在門口的食物……

衣服上飄著玩耍的味道……

帶走最好的回憶和最好吃的!

保母說說話(創作理念)

一直都不明白，人生的起伏怎會有如此巨大的變化？在生了孩子當母親的那一刻，老實說我還天眞地以爲，當媽媽不過如此的簡單。

而就在往後每個張開雙眼的日子，身邊多了孩子的我，完全被一種無形的力量限制住了，不論是生活上的每一個環節，除了自己還有孩子啊——刷牙、幫孩子刷牙，洗澡、幫小孩洗澡，吃飯、穿衣、喝水都要一一替他們完成。生活開始變忙碌無主，成天與孩子爲伍的生活，除了無心地面對自己外也完全下降了對創作的生產力。

還好時間對任何事都有一定的作用，在經過一段時間的熟悉，對於當媽媽這個角色也終於有了適應，摸索出一些技巧和重拾創作的心情。而這扇窗爲我打開了另一道屬於心靈上的成長。陪伴著孩子和先生，成爲我現階段的主要任務，很多的人生體認和學習都才眞正開始，這些雖然都只是人生的小小部分，但珍貴的回憶倒是很值得回味，參與孩子成長的種種，我好像看到了自己成長的影子，終於知道父母爲什麼要耳提面命？爲什麼愁眉不展？五味雜陳的心情就在這些日子裡一一的浮現。

在這段日子，我利用著每天極少的時間，記錄著和孩子的點點滴滴，留下平凡的生活感動，這些看似微不足道的情感，卻在無形中滋長了我許多，對人對事的一些啓發，如果說人生有著不斷成長的體驗，那可貴的家庭生活應是每個人都不能錯過的。保母日記是我留給自己和孩子的一份禮物，謝謝親愛的家人陪伴我的人生，豐富了我的心田。

國家圖書館出版品預行編目資料

我的保母日記 -- Piggy 作
第一版. -- 臺中市：十力文化，2007.09
144 面；21 公分
ISBN 978-986-83001-5-6（平裝）
855　　　96016448

親子館 C701

我的保母日記

圖・文　Piggy
責任編輯　郭婉玲
校　對　林昌榮
封面設計　陳鶯萍
行銷企劃　黃信榮

發 行 人　劉叔宙
出 版 者　十力文化出版有限公司
地　址　台中市南屯區文心路一段 186 號 4 樓之 2
電　話　(04)2471-6219
網　址　www.omnibooks.com.tw
電子郵件　omnibooks.co @ gmail.com

總 經 銷　商流文化事業有限公司
地　址　台北縣中和市中正路 752 號 8 樓
電　話　(02)2228-8841
網　址　www.vdm.com.tw

印　刷　通南彩色印刷有限公司
電　話　(02)2221-3532
電腦排版　陳鶯萍工作室
電　話　(02)2357-0301

ISBN　978-986-83001-5-6

出版日期　2007 年 10 月 1 日
版　次　第一版第一刷

定　價　220 元

十力
文化

十力
文化